MODERN FANTASTIC STORY
전설의 투자가
박선우 현대 판타지소설

전설의 투자가 3

박선우 현대 판타지 소설

초판 1쇄 찍은 날 § 2020년 9월 14일
초판 1쇄 펴낸 날 § 2020년 9월 21일

지은이 § 박선우
펴낸이 § 서경석

총괄팀장 § 노종아
편집책임 § 김예슬
디자인 § 공간42

펴낸곳 § 도서출판 청어람
등록번호 § 제387-1999-000006호
등록일자 § 1999. 5. 31
어람번호 § 제1-3084호

주소 § 경기도 부천시 부일로 483번길 40 서경B/D 3F (우) 14640
전화 § 032-656-4452 팩스 § 032-656-4453
http://www.chungeoram.com
E-mail § chungeorambook@daum.net

ISBN 979-11-04-92259-6 04810
ISBN 979-11-04-92230-5 (세트)

도서출판 청어람

MODERN FANTASTIC STORY

전설의 투자가 3

박선우 현대 판타지소설

전설의 투자가

목차

제20장
남자는 비겁하게
살지 않는다

연예가소식의 이창선 기자는 이병웅을 찾기 위해 백방으로 돌아다니다가 결국 '창공'을 쫓아갔으나 소용이 없었다.

이병웅의 위치는 자신들도 모른다며 오리발을 내밀었기 때문이었다.

소속사 연예인이 어디 있는지 모른다는 건 거짓말이 분명했지만 더 이상 추궁할 수 없었다.

무슨 이유인지 '창공' 쪽은 철저하게 이병웅을 숨기고 언론과의 접촉을 피하고 있었으니 달리 뾰족한 방법이 없었다.

성질 같아서는 한바탕 뒤집어 놓고 싶었으나 겨우 참으며 밖으로 나온 이창선은 카메라맨을 대동하고 그가 광고를 찍었던 체육관으로 향했다.

요즘 인터넷에서는 난상토론이 벌어지고 있었다.

이병웅에 관한 뉴스거리는 수도 없이 많았는데, 그의 몸매가 지금까지 봐 왔던 어떤 남자 배우들보다 완벽하다는 것과 그의 복싱 실력에 관한 것이었다.

물론 복싱 선수들이라면 이병웅처럼 할 수 있겠지만, 일반 연예인이 그 정도의 펀치 기술을 구사한다는 건 결코 쉬운 일이 아니기 때문이었다.

광고에서 그의 복싱 훈련 장면이 나오자 이전에 '정의가 간다'에서 불량배를 해치운 장면들이 오버랩되면서 이병웅이 진짜 복싱 실력을 가지고 있다는 게 점점 정설로 굳어지는 상태였다.

이창선이 카메라를 들고 체육관으로 들어서자 수많은 선수들이 훈련하고 있는 게 보였다.

성현체육관은 현재 우리나라 복싱의 메카로 자리 잡고 있었는데, 동양 챔피언도 2명이나 보유했다.

미리 약속을 잡고 왔기 때문에 그들이 들어서자 이 정도가 천천히 다가왔다.

약속 시간에 맞춰 기다리고 있었던 게 분명했다.

"안녕하세요, 전화드렸던 연예가소식의 이창선 기자입니다."

"아, 예. 반갑습니다."

"미리 말씀드린 것처럼 저희가 방문한 건 이병웅 씨의 복싱 실력 때문입니다. 그에 관해 인터뷰를 하고 싶은데, 괜찮으시죠?"

"그럼요."

"먼저, 카메라 세팅하고 인터뷰를 시작하겠습니다."
"이거 찍으면 정말 텔레비전에 나오는 건가요?"
"하하… 그렇습니다. 연예가소식은 보셨겠죠. 그래도 제법 인기 프로그램인데 못 보셨다면 서운합니다."
"당연히 봤죠. 저도 연예계소식 팬입니다."
"감사합니다."
두 사람이 잠시 대화를 나누는 동안 카메라맨이 세팅을 마친 후 손가락을 들어 올렸다.
그러자, 이창선이 언제 그랬냐는 듯 방송 멘트를 날리기 시작했다.
"시청자 여러분, 안녕하십니까. 제가 찾아온 곳은 한국 복싱의 메카 성현체육관입니다. 바로 이병웅 씨가 광고를 찍은 곳으로도 유명하죠. 오늘은 현재 인터넷과 언론에서 궁금해 하는 이병웅 씨의 복싱 실력이 진짜 얼마나 대단한가에 대해 전문가의 의견을 들어 보는 시간을 가져보겠습니다. 성현체육관의 이정도 코치님이십니다. 안녕하세요, 코치님. 시청자들께 인사해 주세요."
"안녕하세요. 저는 성현체육관의 이정도입니다."
"먼저, 이병웅 씨가 광고를 찍기 위해 복싱을 가르쳐 주셨다고 하던데 사실인가요?"
"그렇습니다."
"처음 왔을 때 이병웅 씨의 복싱 실력은 어땠나요. 소문에는 복싱을 처음 해 봤다고 하던데 사실인가요?"

"글쎄요, 저는 솔직히 지금도 모르겠습니다. 맨 처음 가르치기 시작할 땐 뭔가 어설펐는데 금방 사람이 달라졌거든요. 그래서 저 역시 이병웅 씨가 옛날에 복싱을 했던 게 아닌가 생각하고 있습니다."

머뭇거리던 이정도가 대답하자 이창선의 가슴이 조금 앞으로 튀어나왔다.

"그렇게 생각하는 이유가 있나요?"

"일반인들은 복싱의 스텝과 펀치 기술을 그렇게 쉽사리 익히기 어렵거든요. 광고에서 보셨겠지만 그의 펀치 기술은 선수급과 별반 차이가 없었습니다."

"이병웅 씨의 복싱 기술이 상당하다는 뜻이네요?"

"그렇습니다."

"그렇다면 '정의가 간다'에서 불량배들을 때려눕힌 것도 우연이 아니겠군요?"

"그 정도 복싱 기술을 미리 익히고 있었다면 어려운 일도 아니죠. 복싱선 수는 함부로 주먹을 휘두르지 않지만, 일반인들이 도저히 당할 수 없는 능력을 가지고 있습니다."

"그럼……."

이창선은 신이 나 계속 질문을 하면서 이병웅이 광고를 찍었던 날들의 상황을 끈질기게 물었다.

모든 신이 나가는 건 아니지만, 묻고 또 묻다 보면 좋은 장면들이 나오기 때문이다.

어느 정도 질문이 마무리되자 이창선은 인사를 하면서 카메라 쪽에 오케이 사인을 냈다.

"오늘 인터뷰 감사합니다. 그런데 조금 어려운 부탁을 드려도 될까요?"

"말씀하시죠."

"진짜 선수들의 훈련 장면을 찍어보고 싶습니다. 이병웅 씨가 했던 것 그대로 진짜 선수들의 실력은 어떤지 알아보고 싶은데 괜찮을까요?"

"뭐, 괜찮습니다. 마침, 웰터급 한국 챔피언인 정두영 선수가 와 있으니까 제가 준비하라고 하겠습니다."

"아이고, 감사합니다."

* * *

기자들도 참 할 짓이 못 된다.

대중들이 알고 싶어 하는 것이라면 어떤 곳도 찾아가야 하고, 미친 짓도 서슴없이 해야 되니 좋은 직업은 아닌 것 같다.

그럼에도 유능한 기자는 이창선처럼 움직인다.

이병웅의 복싱 실력과 한국 챔피언의 복싱 실력을 실제로 찍어서 비교해 본다는 생각 자체가 얼마나 신선하단 말인가.

이정도 코치의 지시를 받은 정두영이 성큼성큼 다가왔다.

복싱 선수답게 잘 빠진 몸매를 가진 그는 훈련을 하고 있었는지 땀으로 가득 젖은 상태였다.

정두영은 몇 달 후 일본의 이노우에와 동양 타이틀매치가 예정되어 있을 정도로 실력이 뛰어난 웰터급의 신성이었다.

광고와 똑같은 위치에서 시작된 섀도복싱.

'쉬익, 쉬익.'

막상 눈앞에서 보게 되자 이창선의 눈이 휘둥그레 변했다.

그가 주먹을 뻗어낼 때마다 바람을 가르는 소리가 들려왔기 때문이었다.

마치 독사가 혀를 날름거리는 것처럼 기분 나쁜 소리.

저 펀치에 맞으면 어떻게 될까?

아마, 한 대만 맞아도 길게 뻗을 정도로 무시무시한 펀치력이었다.

섀도복싱에 이어 샌드백을 두드리는 장면으로 들어가자 이창선의 입은 더욱 벌어졌다.

팡, 팡… 팡… 파바바방.

이건 뭐, 군대 있을 때 소총 사격 하던 장면이 저절로 떠올랐다.

그만큼 그의 펀치는 쉴 새 없이 샌드백을 두들겼는데, 그때마다 가죽 북 터지는 소리가 연신 울려 퍼지고 있었다.

*　　　*　　　*

광고가 나간 후 이병웅을 직접 인터뷰한 언론은 한 군데도 없었지만 '연예가소식'은 교묘하게 포장해서 마치 이병웅 특집처럼 홍보를 했다.

얄팍한 술수였으나, 사람들을 텔레비전 앞으로 끌어모으는 데 성공해서 이번 주 연예가 소식의 시청률은 23%에 달했다.

어이없게도 프로그램을 방송한 후 역대 최고의 시청률을 기록했던 것이다.

하지만 의문을 풀어 주기 위해 방송되었던 연예가소식은 더욱 인터넷을 뜨겁게 달아오르도록 만들었다.

상당수의 인터넷 유저들이 이병웅의 복싱 훈련 장면과 한국 챔피언 정두영의 훈련 장면에 별반 차이가 없다는 의견을 제시했기 때문이었다.

그 정도였으면 다행인데, 언제부턴가 정두영보다 오히려 이병웅의 펀치 기술이 더 훌륭하다는 평가가 나오기 시작했다.

실제 권투를 해 봤다는 사람들이 이병웅의 펀치 각도가 훨씬 예리하다며 주장한 것이 화제가 되면서 논란은 하늘 높은 줄 모르고 커져만 갔다.

—야, 이 허접아. 정두영이 누군 줄 알아. 한국 챔피언이라고. 아무리 이병웅이 좋아도 비교할 걸 비교해. 멍청한 새끼들.

—니들이 스트레이트를 어떻게 치는 건지 알기나 해? 이병웅의 스트레이트는 어깨와 주먹 높이가 정확하게 일치해서 나왔어. 하지만 정두영의 스트레이트는 높이에서 약간 차이가 나. 다시 말해서 같은 펀치를 맞아도 이병웅이 쏘는 게 훨씬 강력하다는 뜻이야.

—나도 권투를 해 봤는데, 이병웅의 펀치 기술은 정말 완벽해.

수없이 돌려봤어도 내 결론은 마찬가지야. 정두영보다 이병웅의 기술이 뛰어난 것 같아.

—지랄들 한다, 지랄들 해. 니들 눈에는 한국 챔피언이 물로 보이니?

인터넷을 뜨겁게 달군 논란.

주로 댓글을 다는 사람들은 남자들이었기 때문에 반반씩 나뉘어 치열한 공방전이 벌어졌다.

논란이 또 다른 방향으로 확산된 것은 한국 챔피언 정두영이 자신의 친구와 나눈 메시지가 공개되면서부터였다.

[아, 나 요즘 미치겠어. 또라이들이 이병웅과 날 비교해서 돌아 버릴 것 같아.]

[ㅋㅋ……. 그러니까. 완전 웃겨.]

[생각해 봐. 광고 찍기 위해 흐느적거리며 춤추던 놈하고 날 비교한다는 게 말이 되냐?]

[이병웅이 '정의가 간다'에서 제법 쳤잖아. 그래서 그런 거야.]

[씨발, 그런 새끼는 내가 오른팔을 묶고 싸워도 이기겠다.]

[한번 해 봐. 재밌겠는데?]

간단한 메시지였지만, 막상 메시지가 공개되면서 또 한 번 난리가 나고 말았다.

어떤 경로로 이 메시지가 흘러나온 건지 알 수 없으나, 메시지의 주인이 정두영이란 게 확인되면서 사람들의 반응은 그야말로 폭발 그 자체였다.

—그렇지, 정두영과 붙으면 이병웅은 아마 이빨 다 나갈 거다. 이빨 나간 연예인 ㅋㅋ. 그 모습 보고 싶긴 하네.
—친구끼리 보낸 메시지를 어떤 놈이 공개한 거야? 나쁜 시키들!
—궁금, 궁금. 진짜 오른팔 묶고도 이길 수 있을까?
—한국 챔피언이 세긴 하지. 솔직히 팔 하나 묶어도 나는 자신 없음.
—이병웅, 쫄겠다. 어디서 정두영 만나면 눈 깔고 바로 꼬랑지 내려야겠어.
—아직도 이병웅은 숨어 있지? 언론사를 피한다던데?
—당분간 숨어 있는 게 살아남는 길이야. 괜히 깝죽거리다가 뒈지면 저만 손해잖아.

대부분의 반응들이 이랬다.

그저 광고 한 번 찍었을 뿐인데, 일은 일파만파 커지면서 이병웅은 어느샌가 비겁자로 전락하기 시작했다.

북 치고 장구 치고.

그동안 이병웅의 펀치 기술이 훌륭하다는 평가는 금방 사라지고, 정두영의 메시지가 화제에 오르면서 일을 엉뚱한 방향으로 치닫게 만들었다.

* * *

이병웅은 비상 대책 TF팀이 상주하던 호텔에서 나와 사무실로 오랜만에 출근했다.

친구들은 학교에서 아직 오지 않았고, 정설아가 직원들과 함께 일을 하고 있는 중이었다.

그녀는 투자 금액이 커지자 신입 사원을 2명 뽑았는데, 대영증권에서 일할 때 심복처럼 아끼던 직원들이었다.

그런 사람들이 왜 그 좋은 직장을 팽개치고 제우스로 왔냐고?

연봉도 연봉이지만, 커다란 비전을 제시했고 그녀들 역시 정설아와 함께 일하는 걸 강하게 원했기 때문이었다.

증권계가 그렇다.

한번 영웅은 영원한 영웅.

그녀들에게 있어 정설아는 살아 있는 전설이나 다름없는 여자였다.

"병웅 씨, 도대체 어디 갔었던 거야? 전화도 안 되어서 내가 얼마나 걱정한 줄 알아?"

"무슨 일 있어?"

"이씨, 무슨 일 있어야 걱정하니!"

"화내니까 더 예쁜데?"

정설아가 소리를 빽 지르자 이병웅이 그녀의 귀로 바짝 다가와 은밀한 목소리로 속삭였다.

직원들이 듣지 못하도록.

이병웅이 다가서자 정설아의 몸이 자연스럽게 뒤로 물러났다.

좋아한다.

그리고 누구보다 깊은 사이였다.

하지만 일에 열중하고 있는 것처럼 보이는 여직원들은 이병웅이 나타나자 온 신경을 이쪽에 쏟고 있었다.

"병웅 씨, 없는 사이에 또다시 인버스가 10%나 올랐단 말이야."

"응, 나도 보고 있었어."

"이제 총 수익률이 30%야. 이젠 조금씩 정리해야 되지 않을까?"

"누나, 정말 그렇게 생각해?"

"휴우… 겁나니까 그렇지. 하루에도 몇십억씩 왔다 갔다 해. 증권사에 있을 땐 몰랐는데, 막상 직접 컨트롤하니까 무서워."

"하하… 증권사의 냉혈한 정설아 님은 어디 가셨나. 누나가 그런 모습 보이니까 이상하네. 걱정 마 누나, 지금 이 장은 하락의 시작에 불과하다는 거 누나도 잘 알잖아."

"세상일은 어떻게 될지 아무도 몰라. 수익이 났을 때는 먼저 확보할 필요성도 있어."

"우리 오랜만에 저녁이나 먹자. 나 일주일 동안 무척 고생했단 말이야."

"고생했다니……. 최철한 교수님이 콜 했다며?"

"그러니까, 고생했지. 권위 의식으로 똘똘 뭉친 사람들과 일주일이나 같이 있었더니 머리가 팽팽 돌아. 내 몸에서 냄새 안 나? 썩을 대로 썩은 곰팡이 냄새."

"흐응, 냄새만 좋은데 뭐."

정설아가 자신도 모르게 교태를 부렸다.

좋아하는 사람과 가까이 있자 자신도 모르게 나온 행동이었다.

하지만 그녀는 금방 자세를 고치고 광고에 대한 이야기를 꺼냈다.

"병웅 씨 화장품 광고 때문에 난리가 났어. 그것도 봤지?"

"응. 재밌더군."

"사람들은 병웅 씨의 복싱 실력이 진짠지 궁금한가 봐. 도대체 우리나라 남자들은 이해할 수 없어. 광고를 광고로만 보면 되지. 그런 게 왜 궁금할까?"

"심심했던 모양이지."

* * *

아무것도 아니라고 생각했다.

사람들의 관심은 자신에 대한 애정에서 비롯된 것이기에 있는 그대로 받아들일 생각이었다.

그런데 며칠 지난 후, 정두영의 메시지가 언론에 대문짝만하게 나온 순간, 이병웅의 얼굴이 일그러졌다.
아예 상대조차 되지 않는다고 말하며 비교 자체가 우습다는 이야기만 했다면 그냥 넘어갔을 것이다.
그러나 정두영은 자신을 완전히 깔아뭉개며 인간 이하의 취급을 해버렸다.
더군다나, 뒤이어 나온 사람들의 반응이 그의 눈을 더욱 가라앉게 만들었다.
보고만 있어도 올올히 솜털이 곤두섰다.
댓글 때문에 자살하는 사람들이 있다더니 이런 기분이었겠구나.

*　　　*　　　*

일간스포츠 손호영이 학교에서 나오는 이병웅을 향해 다가간 것은 한참 인터넷에서 불타올랐던 논란이 조금씩 가라앉을 때였다.
어쩌면 당연한 이야기다.
논란 자체가 말도 안 되는 일이었으니 화제의 중심은 자연스럽게 다른 쪽으로 옮겨갔다.
실검 1위가 이틀 후 벌어지는 아시안게임 한일전 축구 경기로 옮겨졌고 이병웅에 대한 논란은 다른 화제들로 인해 조금씩 잊혀져 갔다.
그럼에도 이병웅에 대한 인기가 시들어진 건 아니었다.

특히, 여자들은 JK화장품 광고가 나올 때마다 눈을 떼지 못했는데, 그로 인해 피트니스 클럽들이 때 아닌 호황을 맞이했다.

신드롬의 여파.

생각해 보라.

이병웅이 광고에서 보여 준 완벽한 몸매는 여자들에게 워너비의 이상형이 되었으니 자연스럽게 남자 친구들이 시달리는 건 당연한 일이었다.

그런 와중에 손호영이 이병웅을 발견한 것은 특유의 끈질김에서 비롯된 것이었다.

이병웅은 오랫동안 자취를 감췄다가 드디어 나타났는데, 여전히 언론을 피하며 인터뷰를 사양했다.

그렇다고 해서 포기한다면 기자가 아니다.

특히 일간스포츠는 상당수의 지면을 연예계에 할당하기 때문에 손호영은 무슨 수를 쓰던 이병웅과의 인터뷰를 성공시켜야 했다.

"이병웅 씨, 안녕하세요. 저는 일간스포츠의 손호영입니다."

"아, 예."

일부러 앞을 가로막았다.

지금까지 이병웅은 기자들의 인터뷰를 가차 없이 거부하며 자리를 떴기 때문에 조금이라도 시간을 확보하기 위함이었다.

안 해도 상관없다.

그와 몇 마디라도 이야기를 나눌 수 있다면 그걸 포장해서 내일 신문에 터뜨릴 생각이었다.

그러나 그의 의중과 다르게 이병웅은 자연스럽게 걸음을 멈추고 손호영을 바라보며 싱긋 웃고 있었다.

뭐지?

이거, 이상하게 감이 좋다.

"잠시 인터뷰를 할 수 있을까요?"

"여기서 말입니까?"

"저기 잔디밭이 괜찮네요. 벤치도 있고. 부탁드립니다."

"그럼 가시죠."

악! 이게 웬 횡재란 말이냐.

이병웅이 망설이지 않고 대답하자 손호영의 얼굴이 잔뜩 붉어졌다.

그동안 얼마나 많은 기자들이 그와 인터뷰하기 위해 목을 맸단 말인가.

이런 행운이 자신에게 찾아온 건 어젯밤 마누라가 몸이 약해진 것 같다며 보약을 해 먹여서 그런 게 분명했다.

다른 때 같았으면 이렇게 오랫동안 기다리지 않았을 테니 분명 보약 덕분이다.

잔디밭으로 이동해서 벤치에 앉은 손호영이 녹음기를 켠 후 준비한 질문을 던지기 시작했다.

"이병웅 씨, 최근 화장품 광고가 나가면서 전 국민들이 뜨거운 관심을 보였습니다. 알고 계시죠?"

"과분한 사랑을 주시는 거 잘 알고 있습니다."

"한동안 모습을 감추었는데, 어디 가셨던 건가요?"

"집안에 일이 있어 제주도에 다녀왔어요. 일주일 동안 가 있었고, 최근에는 중간고사 기간이라 언론과의 인터뷰를 가급적 피했습니다."

손호영의 그의 대답에 고개를 끄덕였다.

알고도 속아준다.

당연히 아닐 거란 걸 알면서도 그는 고개를 끄덕인 후 다른 질문을 이어 나갔다.

"요즘 세간의 궁금증은 이병웅 씨가 진짜 복싱을 한 경력이 있냐는 것이었습니다. 전부 소문으로만 흘러 다닌 이야기들이라 확인하고 싶은데요. 정말 복싱을 배운 적이 있나요?"

"복싱을 배운 건 아니고, 다른 무술을 배운 적은 있습니다. 호신 무술인데 고등학교 시절 어떤 할아버지에게 배운 거라 이름조차 알지 못하는 무술이에요."

"그래도 품과 형을 보면 대충 알지 않나요? 예를 들면 태권도라든가 우슈, 아니면 우리나라 전통 무술로 알려진 선무도 같은 건 아니었나요?"

"저도 그게 궁금해서 여러 무술을 찾아봤는데 비슷한 건 하나도 없더군요. 그냥 체력 훈련 차원에서 지금도 시간이 남으면 수련하고 있을 뿐입니다."

"그렇다면 진짜 광고를 찍기 위해 그날 복싱을 배웠다는 말이네요?"

"맞아요. 이상하게 복싱이 저와 맞아서 코치님한테 칭찬을 많이 받았습니다."

"운동신경이 대단하군요. 저 같으면 절대 이병웅 씨처럼 하지 못했을 겁니다."

"칭찬으로 듣겠습니다."

손호영이 과장된 몸짓을 하자 이병웅이 싱긋 웃었다.

그도 알고 자신도 안다.

하지만 그에게는 진실을 파헤칠 의지도 없을 뿐만 아니라, 다른 궁금증이 너무나 많았다.

"정두영 씨에 대해 언급하지 않을 수 없는데요. 한국 챔피언 정두영 씨가 인터넷에서 뜨겁게 논란이 되었던 걸 가지고 친구와 나눈 메시지가 공개되며 엄청난 화제가 되었습니다. 이런 걸 묻긴 조금 그런데, 이병웅 씨는 그에 대해 어떻게 생각하시나요?"

"정확하게 어떤 걸 말하시는 거죠?"

"아… 그는 이병웅 씨와 진짜 복싱 시합을 한다면 오른팔을 묶고 싸워도 이긴다고 했습니다. 진짜 그럴까요?"

"전 그분이 한국 챔피언이라고 들었습니다. 한국 챔피언이라면 복싱 실력이 대단한 거잖아요. 그래도 그건 너무했다는 생각이 드네요. 당연히 복싱 실력에서 차이가 나겠지만, 설마 오른팔을 쓰지 않는 사람을 이기지 못하겠어요?"

"하하… 그렇죠……. 이것, 참."

손호영의 손이 바들바들 떨리기 시작했다. 웃는 게 꼭 영구와 비슷했고, 제대로 말도 새어 나오지 못했다.

그의 지금 모습은 그가 얼마나 흥분하고 있는지 단적으로 알려 주는 것이었다.

*　　　*　　　*

일간스포츠가 터뜨린 특종.

「이병웅, 아무리 한국 챔피언이라해도 한 팔로 싸우면 무조건 이긴다!」

도대체 이런 타이틀이 특종이 될 수 있단 말인가?

하지만 세상에는 웃기지 않은 일들이 수도 없이 일어난다.

일간스포츠의 기사가 나가자, 마치 기다렸다는 듯 인터넷이 그에 대한 토론으로 난리가 났다.

—당연하지, 이병웅 싸움 실력은 직접 봤잖아. 불량배를 순식간에 3명이나 해치우는데 외팔 복서를 못 이기겠어?

—복싱 선수, 특히 한국 챔피언을 물로 보냐. 복싱은 팔로만 하는 게 아니야. 스텝이 반을 차지하고 한국 챔피언 정도면 방어 기술이 워낙 뛰어나서 한 대도 제대로 못 맞춰. 이건 이병웅이 오버한 거라고.

—광고지만 이병웅 샌드백 두들기는 거 봐. 살기가 돋을 정도였어. 일반인들과는 완전히 다르다니까!

이긴다, 진다.

아주 웃긴 장면들이 인터넷을 뜨겁게 달궜다.

오죽하면 개그 프로그램에서까지 이런 현상을 코너에 삽입시켰겠나.

대형 사건이 터진 건 그로부터 10일 지난 후, 스포츠서울의 특종으로 비롯되었다.

「이병웅! 시범 경기라면 정두영과 붙을 의향이 있다!」

이병웅 씨는 최근 화제가 되고 있는 자신의 인터뷰에 이어, 한참 침체기를 맞이한 복싱계를 위해 시범 경기에 응할 수 있다는 의향을 내비쳤다. 그는 승부와 상관없이 복싱을 매우 좋아한다며, 시범 경기가 무척 재밌을 것 같다는 의견을 표시했다.

환장한다.

스포츠서울의 특종이 나가자 인터넷은 또 한 번 난리가 났고, 사람들은 반드시 성사되기를 바란다며 뜨거운 기대감을 나타냈다.

이게 말이 되는가?

만약 다른 스타들이었다면 이런 기대감이 생기는 일은 절대 발생하지 않았을 것이다.

그 원인은 바로 이병웅이다.

현재, 광고계를 뜨겁게 달구면서 일약 여자들이 가장 사랑하는 워너비로 올라선 이병웅이기에 가능한 일이었다.

* * *

“너, 미친 거 맞지?”

“미치긴, 재밌잖아.”

“이 새끼야. 재미 때문에 목숨을 거냐. 진짜 복싱 선수들이 얼마나 무서운지 몰라서 그래?”

“애가 아직 뜨거운 맛을 못 봐서 그래. 그 잘생긴 얼굴 잘못하면 박살 날 수 있어. 지금이라도 늦지 않았다. 그냥 실수라고 해. 그때 기자가 자꾸 유혹해서 얼떨결에 말한 거라고 그러라니까!”

“헤드기어 쓸 테니까 얼굴은 작살나지 않겠지만, 환상이 깨지잖아. 사람들은 네가 정의의 사나이로 인식하고 있는데 복싱 경기에서 개 박살 나 봐라. 애써 쌓아올린 인기 한 방에 간다.”

두 놈이 번갈아 가며 말렸다.

그럼에도 이병웅은 친구들의 걱정을 들으며 웃음을 멈추지 않았다.

“헤드기어 안 쓴다. 시합하게 되면 동일한 조건에서 할 거야.”

“네가 드디어 미쳤구나.”

“돈으로 행복을 살 수 없다고 몇 번이나 말해. 남자는 모험과 흥분을 즐길 줄 알아야 행복해지는 거다.”

"지랄 옆차기 하시네. 그럼 모험과 흥분을 즐기세요. 목숨 거는 짓 하지 마시고!"

"헤드기어는 왜 안 써. 기어코 그 잘생긴 얼굴 작살내고 싶어서 그래? 여자들의 관심이 너무 부담스러웠어?"

"시합은 동등한 조건에서 해야 되잖아. 특별 대우는 사양이다."

"휴우… 미친 새끼. 아무리 봐도 넌 미친 새끼야."

홍철욱은 도저히 견적이 안 나온다는 듯 머리를 훼훼 저었다.

그것은 문현수도 마찬가지였다.

최근 일 년 동안 이병웅으로 인해 놀랐던 일은 수도 없이 많았다.

하나하나가 거의 대지진급들의 충격이었다.

오랜 세월 같이 지내왔던 이병웅의 외모가 마치 얼굴 전체를 성형수술한 것처럼 변한 것부터, 그리고 '제우스'를 만들면서 천문학적인 돈을 끌어모은 것까지.

그 모든 것들은 그들의 인생에서 기적 같은 일들이었다.

하지만 지금의 놀람은 그런 것들과 근본적으로 다른 것이었다.

머리가 좋고 열심히 노력해서 S대 경영학과에 진학했으니 누군가와 싸운다는 건 생각조차 하지 않은 삶이었다.

친구와 시비가 붙어도 말씨름이나 했을 뿐, 주먹을 휘두른다는 건 말도 안 되는 짓이었다.

그런데, 이병웅이.

이 미친놈은 한국 챔피언과 복싱 시합까지 하겠다고 설치는 중이었으니 도저히 뒷골이 당겨서 견딜 수가 없었다.

*　　　*　　　*

성현체육관의 이정도는 스포츠서울 신문을 앞에 활짝 펼쳐 놓은 채 정두영을 노려봤다.

이병웅도 미친놈이지만, 체육관을 먼저 생각해야 하는 그의 입장에서는 정두영의 행동이 더없이 못마땅했다.

자신도 모르는 사이 정두영이 언론과 인터뷰를 했는데, 진짜 복싱이 뭔지 똑똑히 가르쳐 주겠다며 큰소리쳤기 때문이었다.

"넌 참 대책 없는 놈이다. 동양타이틀전이 3개월 앞으로 다가왔는데, 무슨 생각으로 그런 짓을 한 거냐. 아무런 상의도 없이!"

"그건 죄송합니다. 집 앞에 기자들이 기다렸다가 갑자기 질문하는 바람에……."

"사내는 세 가지 끝을 조심하라고 했어. 그중 인생을 살면서 가장 조심해야 되는 게 바로 혀끝이다. 네 말 한마디로 인해 상황이 더욱 이상하게 변했어. 이젠 어쩔 테냐? 사람 일은 내가 아니라고 해도 다른 이들로 인해 점점 악화된다는 거 몰라?"

"코치님, 전 솔직히 견딜 수 없었습니다. 제가 실수했다는 거

인정합니다. 친구 놈이 메시지 내용을 그렇게 흘릴 줄은 꿈에도 생각하지 못했어요. 미안하다고 할 생각이었습니다. 그런데 그 새끼가… 코치님, 이병웅은 복싱을 장난으로 아는 겁니다. 그러니까, 시범 경기라는 말로 저를 우롱한 거 아니겠습니까?"

"휴우……."

정두영이 이렇게 나오자 이정도의 입에서 긴 한숨이 흘러나왔다.

한 놈이 제안을 했고, 한 놈은 받아들였다.

그리고 그중 한 놈은 현재 대한민국에서 가장 유명한 놈이었다.

그저, 일반인의 도발이라면 웃고 넘어갈 일이었으나, 벌써부터 스폰을 하겠다며 덤비는 놈들이 여럿이었다.

하긴, 나 같아도 달려들 것이다.

특급 스타 이병웅에 관한 것은 그가 어디서 밥을 먹은 것까지 인터넷에 올라올 정도였으니 충분히 욕심낼 만했다.

"코치님, 그런 놈은 맞아야 정신을 차립니다. 걱정하지 마십시오. 평소에 스파링 하는 것처럼 데리고 놀면서 복싱이 얼마나 무서운지 가르쳐 주겠습니다. 아마, 상대조차 되지 않는 걸 국민들이 보게 된다면 그놈 말대로 침체된 복싱 열기가 되살아날 수도 있을 겁니다."

"그렇게 생각해?"

"예?"

"어째서, 넌 하나만 알고 둘은 모르냐. 개는 대한민국 특급 스타야. 걔가 일방적으로 얻어맞는 장면이 텔레비전을 통해 전 국민한테 방송된다면 복싱이 활성화될 것 같아?"

생각하기 나름이다.

세상일은 과정도 중요하고, 결과도 중요하다.

어떤 과정을 통해 어떤 식으로 결과가 도출되느냐에 따라 지켜보는 사람들의 반응이 달라진다는 뜻이다.

그랬기에 이정도는 불안했다.

만약, 정두영이 시합을 하면서 이병웅을 개 패듯 때려잡으면 복싱을 바라보는 국민들의 시선이 더욱 차갑게 가라앉을 수도 있었다.

체육관 문이 열리며 '무적프로모션'의 안수찬이 관장인 이성현과 함께 들어온 것은 정두영을 돌려보내고 관원들에게 걸어갈 때였다.

'무적프로모션'은 한국 최고의 격투 프로모션으로서 복싱은 물론이고, 최근 뜨겁게 인기를 얻고 있는 K-1과 프라이드FC까지 도맡아 주관하고 있었다.

"이 코치, 오랜만이야."

"어서 오십시오, 대표님. 어쩐 일이십니까?"

"좋은 일이 있어서 왔지. 자네 때문에 내가 큰돈을 벌게 생겼잖아. 고마워."

"전 무슨 말씀이신지……."

이정도가 말끝을 흐리며 관장인 이성현을 바라봤다.

그러자, 웃는 얼굴로 옆에 서 있던 이성현이 밝은 목소리로 입을 열었다.

"이병웅과 정두영의 시합이 한 달 후 벌어지는 동양 타이틀전 오픈게임으로 결정되었어. 3라운드 시범 경기지만 안 대표님은 정두영에게 파이트머니를 3천만 원이나 주시기로 했다."

"그게… 정말입니까!"

이런, 씨발.

어쩐지 재수 없게 웃으며 들어온다고 했다.

하긴, 안수찬이 이런 기회를 놓칠 리가 없지. 돈 냄새 하나는 기가 막히게 맡았으니 신문에서 시범 경기란 말이 나왔을 때부터 관장에게 접근했을 것이다.

요 며칠 관장 얼굴 보기 어려웠던 게 이유가 있었구나.

"이 코치 부탁이 있네."

"무슨 부탁 말입니까?"

"이번 시합, 재미나게 만들어 줘. 싱겁게 끝내지 말아 달란 말일세."

*　　　*　　　*

시합이 결정되었다는 사실이 언론을 통해 보도가 되자 나라 전체가 들썩거렸다.

하아, 참. 어이가 없어 어떻게 표현할지 모를 정도의 열풍이었다.

인터넷 검색어에 복싱이란 단어가 실검에 올라갈지 누가 상상이나 했단 말인가.

지금 한국은 최근까지 세계 타이틀을 보유했던 지인진이 타이틀전을 벌이면서 벌어들인 돈이 2천만 원에 불과할 정도로 복싱이란 스포츠가 사람들의 뇌리 속에서 잊혀진 상태였다.

세계 챔피언이 봉천동 방 2칸짜리에 산다는 것 자체가 복싱인들에겐 치욕이고 슬픔이었다.

그런 복싱이 이병웅의 출현으로 다시 사람들의 기억 속에서 화려했던 과거를 떠올리게 만들었다.

모든 언론이 온통 이병웅의 시합에 집중되었다.

복싱 경기가 중계되었던 적이 언제였던가.

옛날에는 심지어 신인왕전까지 생중계되었지만, 지금은 세계 타이틀전까지 중계를 하지 않는 상태였다.

* * *

YBS 스포츠국장 엄석태가 사장실로 불려 들어간 건 스포츠서울에서 또다시 특종으로 이병웅의 시합이 결정되었다는 것을 보도한 후 3일이 지났을 때였다.

이미, 인터넷은 난리가 난 상황이었고, 연예계와 스포츠계가 전부 그 일로 발칵 뒤집혀졌는데 사람들의 술안주로까지 등극한 후였다.

“사장님, 부르셨습니까?”

“그래, 어서 와. 커피 한잔할래?”

대답은 필요 없다.

같은 기자 출신으로 사장 자리까지 올랐지만 어렸을 때는 같이 술집에 들낙거렸던 사이였으니 그 속을 빤히 들여다본다.

인터폰으로 커피를 시킨 사장이 소파 상석에 앉으며 아직까지 서 있던 엄석태를 향해 손가락으로 옆자리를 가리켰다.

슬그머니 자리에 앉으며 사장에게서 나올 말을 예상하느라 머리를 부지런히 굴렸다.

한때 사수였지만, 지금은 하늘 같은 사장이다.

더군다나, 그는 회의 때 아니면 만나기 어려울 정도로 바빴기 때문에 자신을 불렀다는 건 특별한 일이 생겼다는 걸 의미했다.

"내가 왜 불렀을 것 같아?"

"혹시, 이병웅 때문입니까?"

"역시 좋군. 자넨 빨라서 좋아. 어떻게 생각해?"

"지금 고민입니다. 너무 속이 보이는 짓이라서……."

엄석태가 말끝을 흐리자 사장의 표정이 슬쩍 변했다.

그의 말이 뭘 의미하는지 잘 알고 있는 표정이었는데 그럼에도 이번엔 코끝을 찡그렸다.

뭔가 마음에 들지 않을 때 짓는 행동이었다.

"사람들이 욕할까 봐? 그동안 한 번도 복싱 중계를 하지 않다가 이병웅이 나온다니까 홀라당 뛰어든다고?"

"그것도 그거지만 프로모션 측에서 중계료를 최소 10억으로 책정했습니다. 미친놈들이죠. 세계 타이틀전도 3억이면 충분했는데 이 자식들은 방송사를 봉으로 보고 있습니다. 더군다나 입찰을 보겠다더군요. 이번 기회에 한몫 단단히 잡을 생각입니다."

"엄 국장, 자넨 하나만 알고 둘은 모르는군."

"무슨 말씀이신지?"

"이병웅의 광고료가 얼만 줄 알아? 한 편 출연에 10억이야, 10억. 그런데 그까짓 중계료 10억이 문제겠어. 방송하면 최소 2시간은 우려먹을 수 있어. 그것도 광고료 듬뿍 받으면서. 기업들도 이 기회에 한몫 잡고 싶어 한다는 건 생각 안 해?"

"결국… 무조건 따내라는 말씀이시죠?"

"우린 이 기회를 반드시 잡아야 해. 그러니까 돈 생각하지 말고 잡아 와."

"알겠습니다."

비서가 뒤늦게 타 온 커피를 마시지도 못하고 자리에서 일어났다.

이건 그냥 지시가 아니라 절대적인 명령이었다.

한심한 일이지만 어쩔 수가 없다.

사장이 이 정도로 관심을 보이는 사안이라면 죽기 살기로 덤벼 볼 수밖에.

* * *

이병웅은 아무도 대동하지 않고 영등포에 있는 복싱 체육관을 찾았다.

이번엔 얼굴이 전혀 보이지 않도록 모자는 물론이고 마스크까지 쓴 채 움직였기 때문에 알아보는 사람은 없었다.

허름한 곳이다.

학교를 통학하면서 몇 번 본 체육관인데, 외진 곳에 위치해서 그런가 관원들이 하나도 보이지 않았다.

하긴, 그럴 시간이다.

이제 오후 1시였으니 관원들이 없을 시간이기도 하다.

문을 열고 들어서서 인기척을 내며 부르자 관장으로 보이는 40대 남자가 라면 냄새를 풍기며 다가왔다.

냄새를 보니 식사를 하다가 나온 것 같았다.

"어떻게 오셨습니까?"

"운동을 좀 했으면 하는데요."

"복싱 배우시려고?"

"예, 한 달만 운동했으면 하는데 괜찮을까요?"

"에이, 한 달 배워서 뭘 해. 하려면 최소 6개월은 배워야지 기본을 해요."

"제가, 한 달 후에 시합이 잡혀서요."

"그게… 무슨. 시합이 잡혔다니?"

이병웅의 말에 관장이 의아함을 숨기지 못했다.

시합이 잡혔다는 말은 눈앞에 있는 친구가 선수라는 걸 의미했기 때문이었다.

복싱 선수가 왜 와?

지네 체육관 두고?

그때 이병웅이 모자와 마스크를 벗었다.

"저는 이병웅이라고 합니다. 혹시 아는지 모르겠네요."

"헉!"

관장의 눈이 찢어질 듯 커졌다.

왜 모르겠나.

근 몇 달 동안 텔레비전만 틀면 나오는 얼굴이었고, 인터넷이 이놈 때문에 늘 시끄러웠는데.

더군다나 이병웅은 한 달 후 정두영과의 시합이 잡혔다는 걸 그도 잘 알고 있었다.

복싱에 평생을 바친 몸이었으니 그 뉴스를 들은 후 입에 거품을 물면서 욕을 했다.

'건방진 새끼. 지가 스타면 스타지, 어디서 똥폼을 잡고 있어. 복싱이 누구 집 개새끼 이름인 줄 알아!'

이게 그의 생각이었다.

감히 한국 챔피언과 시합을 하겠다고 나선 이병웅은 복싱계에 몸담고 있는 그로서는 가소로움 그 자체였다.

그런데 그 이병웅이 눈앞에 척 나타났던 것이다.

* * *

미리 준비하고 왔는지 옷을 갈아입고 가볍게 몸을 푸는 이병웅을 바라보며 관장 이철성은 심각한 고민에 빠졌다.

한 달 운동 비용이라며 백만 원이 담긴 봉투를 건넸을 때 얼떨결에 받았지만, 시간이 지나자 별별 생각이 다 들었다.

복싱을 해 보지도 않았다는 놈을 한 달 동안 가르쳐서 내보낸들 자신이 무슨 부귀영화를 누릴 텐가.

물론 백만 원이란 거금을 받았지만 가만히 생각해 보니 이득이 남는 장사는 아닌 것 같았다.

잘못하면 자신은 병신이 될 수 있었다.

직살 나게 얻어터지고 이병웅이 내려오게 될 경우 체육관은 문을 닫아야 될지도 모른다.

시간이 지나면 관원들이 알게 될 것이고 이병웅이 체육관에서 훈련한다는 사실은 금방 알려질 것이다.

기자들이 몰려오는 건 그렇다 쳐도, 여자들이 몰려와서 꺅꺅거리며 소리치는 장면이 떠오르자 저절로 입맛이 다셔졌다.

그러나.

그런 생각들이 순식간에 날아간 것은 이병웅이 가볍게 몸을 푼 후 본격적으로 섀도복싱을 시작했을 때였다.

뭐야, 저놈.

광고에서 짧은 시간 동안 훈련하는 장면이 나왔지만 연출된 것이라 생각했다.

이정도가 가르쳤다니 화면을 잡기 위해 갖은 애를 썼겠지.

성현체육관의 이정도는 자신과 동시대에서 활동했던 선수로서 동양 챔피언까지 지낸 인물이었다.

자신 역시 그에 못지않았던 유망주였지만, 시합 도중 한쪽

눈이 실명되면서 선수 생활을 접었다.

광고를 보면서 꽤 잘한다는 생각이 들었다.

그렇다고 해서 인터넷에 쥐뿔도 모르는 놈들처럼 이병웅의 실력을 높게 평가했던 건 아니었다.

두 눈으로 직접 보기 전까지.

비록 일찍 선수 생활을 접었지만, 그 누구보다 선수를 보는 눈은 탁월했기에 이병웅의 섀도복싱을 확인하자 온몸이 긴장되었다.

완벽한 균형.

펀치를 내뻗는 각도, 전후진 스텝의 조화, 바람을 가르며 날리는 펀치의 날카로움.

저런 놈이 복싱을 배우지 않았다고?

"병웅 씨, 이리 와 봐."

"예, 관장님."

"자네 정말 복싱을 배운 적 없나?"

"광고 찍을 때 이정도 코치님한테 배운 게 답니다."

"거짓말하지 말고 솔직히 말해. 언론한테는 아무 말 안 할 테니까."

"진짜예요. 제가 뭐 하러 거짓말하겠어요. 배웠으면 배웠다고 말하면 그만인데?"

"허어."

하긴 그렇다.

그냥 배웠다고 하면 그만인데 뭐 하러 거짓말을 해.

그럼에도 도저히 납득이 되지 않았다.

그만큼 이병웅의 기본자세가 너무나 훌륭했기 때문이었다.

"좋다, 그건 그렇다 치고. 병웅 씨 정두영과 왜 싸우려고 한 거야? 복싱 부흥 이런 거 말고."

"자존심이 상해서요."

"무슨 자존심?"

"그 친구가 저를 보고 한 팔로 싸워도 이긴다고 했잖아요. 그래서 한판 붙어 보고 싶었습니다."

"많이 맞을 텐데?"

"많이 때리기도 할 겁니다."

"휴우……. 정말 이해가 되지 않는군. 자네 같은 사람이 그런 말 때문에 자존심 상했다는 것도, 한국 챔피언한테 싸우겠다고 덤빈 것도 이해되지 않아. 자넨 한국 챔피언이 고스톱 쳐서 딴 거라고 생각하는 건 아니겠지?"

"물론입니다. 하지만 가르쳐 보시면 알겠지만, 저도 만만치 않을 겁니다."

"좋아, 먼저 실력을 보지. 섀도복싱은 됐으니까 다음은 샌드백을 쳐 봐."

*　　　*　　　*

이철성의 입이 시간이 갈수록 점점 벌어지기 시작했다.

스트레이트, 양 훅, 거기에 어퍼컷과 양쪽 보디블로까지 못

치는 게 없었다.

그 정도라면 놀라지 않았을 것이다.

정말 놀랐던 것은 샌드백을 두들기는 임팩트가 기가 막히다는 것이었다.

그게 뭐가 대수냐고?

모르는 사람들은 직접 쳐보면 안다.

일반인들, 아니, 복싱을 제대로 배우지 못한 사람들은 샌드백을 두드리다가 잘못하면 손목을 다치는 경우가 많았다.

그만큼 움직이는 물체를 타격하는 것이 결코 쉽지 않기 때문이다.

"병웅 씨, 샌드백은 됐고 링 위로 올라와 봐."

이철성은 작정한 듯 이병웅을 멈추게 하고 먼저 링 위로 올라가 글러브를 꼈다.

과연 이놈의 능력이 어느 정돈지 진짜 알고 싶었다.

글러브를 끼는 놈의 표정이 재밌어 죽겠다는 얼굴이었다.

뭐가 저렇게 저놈을 흥분시키고 있는 걸까?

제법 잘한다는 건 알겠다.

하지만 자신의 능력을 일찍 깨치고 돌아가게 만드는 것도 괜찮다는 생각이 들었다.

괜히, 수많은 사람들 앞에서 병신처럼 얻어맞는 장면을 생각하자 이것도 인연이라고 그런 장면을 만들고 싶지 않았다.

사람은 자신의 능력이 부족하다는 걸 몸으로 느낄 때 포기가 쉬워진다.

비록 오래전 링을 떠났지만, 아직도 이철성의 펀치는 날카로움을 잃지 않았다.

과거 그의 스트레이트는 송곳처럼 날카로워 면도날이란 애칭까지 받았다.

"맞고 싶지 않으면 피해. 못 피하면 이따 밤에 잠자기 어려울 거야."

복싱을 배우러 왔으니 맞는 건 당연하다.

그리고 자신의 경고는 사실이기도 했다.

글러브 낀 주먹에 맞으면 칼에 베인 것처럼 날카롭지는 않겠지만, 둔중한 통증을 느끼는데 그게 가중될수록 대미지가 쌓여 잠을 잘 수 없는 고통에 시달린다.

때리는 대로 맞을 줄 알았다.

먼저 잽을 날려 거리를 확보한 후 번개처럼 기습 공격을 감행했지만, 이병웅은 어느새 타격 지점에서 벗어나 외곽으로 물러나고 있었다.

어쭈.

내가 너무 펀치를 느리게 날렸나?

고개를 좌우로 흔들고 호랑이가 양을 사냥하듯 천천히 코너 쪽으로 몰아갔다.

젊으니까, 아직 체력이 남아 있으니까 도망가려고 몸부림을 치겠지.

복싱 선수가 아니라도 코너에 몰리면 위기에 처한다는 것을 본능으로 안다.

하지만 이병웅은 무슨 이유인지 그가 좌우 스텝을 밟으며 도망가지 못하도록 견제를 하자 걸음을 멈추고 그가 다가오기를 기다렸다.

이병웅은 더 이상 도망가지 않고 코너 쪽에서 걸음을 멈췄다.

자신이 보유하고 있는 능력.

공격과 방어의 기능은 복싱이란 절제된 스포츠 앞에서 약 70% 정도 상실되었다.

'밀애'가 준 권기는 360도 전방위를 아울렀고 몸 전체가 무기가 되어 상대방을 압살시키는 무시무시한 무기였으나, 복싱은 오직 90도만을 사용할 수 있었다.

더군다나 규정된 룰을 지켜야 하기 때문에 자신의 힘을 더욱 감소될 수밖에 없다.

그럼에도 자신 있다.

'밀애'가 준 또 하나의 무기.

동체 시력과 믿을 수 없는 순발력, 이 두 가지만 있어도 충분히 상대가 가능하다.

이병웅은 관장이 던지는 잽을 커팅한 후 곧이어 날아온 스트레이트는 몸을 옆으로 제켜 피했다.

하지만 관장의 주먹이 교묘하게 각도를 틀며 옆구리를 향해 날아왔다.

다른 싸움이었다면 회전을 하며 벗어났을 테지만, 글러브를 낀 지금은 그럴 수가 없다.

팔꿈치를 내려 커버링을 했으나, 관장의 진짜 공격은 왼쪽 옆구리가 아니라 오른쪽 스트레이트였다.

몸을 뒤로 젖혀 피했지만, 펀치가 코끝을 지나가면서 모기 울음소리가 들려왔다.

조금만 늦었어도 정통으로 얻어맞았을 것이다.

관장의 주먹이 빨라졌다.

그는 작심한 듯 코너에 몰아놓고 펀치를 난사했는데, 반은 피하고 반은 맞았다.

아무리 뛰어난 순발력이 있다 해도 접근전에서 반격을 하지 않은 채 난사되는 모든 펀치를 피한다는 건 불가능한 일이다.

얼마나 피하며 맞았을까.

관장이 천천히 뒤로 물러나면서 화난 사람처럼 인상을 쓰는 게 보였다.

“병웅 씨, 복싱을 안 했다는 말 이젠 믿겠어. 그럼에도 대단한 순발력을 가졌구만. 그 짧은 거리에서 중요한 펀치는 하나도 허용하지 않다니 정말 놀라워.”

“제가 복싱을 안 했다는 건 어떻게 아셨습니까?”

“자네의 방어 기술은 정통 복싱과 많이 달라. 무술을 배웠다고 들었는데, 거기서 비롯된 것 같더군. 회피 기동에서 자꾸 각도가 어긋나고 있어. 복싱에서 각도는 생명과 같은 것이지.”

“무슨 소린지 알아들었습니다.”

관장의 말을 금방 알아들었다.

코너에 몰린 상태에서 펀치를 피하며 자꾸 동작이 걸린 것은 몸의 본능이 적의 공격으로부터 최적의 움직임을 보였기 때문이었다.

복싱이란 제한된 스포츠와 어긋나는.

“지금부터, 나는 자네에게 진짜 복싱을 가르쳐 주지. 자네의 스텝은 초보 수준이야. 스텝은 복싱의 생명일세. 그리고 방어 동작의 기본이 되어 있지 않아. 방어에는 자네가 주로 썼던 커팅이 가장 기초적인 것이고 더킹, 위빙, 스웨잉과 스톱핑, 숄더링 등 여러 가지가 있네. 한 달 동안 배우기는 벅차겠지만 최선을 다해 보자. 자네의 순발력이라면 아마 시합에서 창피는 면할 수 있을 거야.”

* * *

이철성은 첫날 운동을 끝낸 후 이병웅에게 3백만 원을 더 요구했다.

어차피 작심을 했으니 아예 이곳을 전지훈련장으로 삼을 생각이었기 때문이었다.

다른 놈들이 알게 된다면 이병웅은 여기서 운동을 하지 못한다.

기자들이 득실댈 것이고 소녀팬들이 줄을 서서 체육관 주변을 좀비처럼 맴돌 테니 훈련 자체가 불가능할 수도 있다.

이병웅은 그의 설명을 듣고 흔쾌히 5백만 원을 내놓았다.

자신을 위해 체육관 문까지 닫는다고 했으니 충분한 보상을 해 줘야 된다고 판단했다.

그때부터 이병웅은 이철성의 지도를 받으며 복싱 기술을 익혔다.

본래 몸에 장착되어 있던 비기가 시간이 지나면서 점점 복싱 기술과 융화되기 시작했다.

다행이었다.

만약 비기가 복싱 기술을 거부했다면 자신은 시합에서 수없이 많은 반칙을 저지를 수도 있었다.

시간은 빨리 흘러 눈 깜빡할 사이에 한 달이란 시간이 지나갔다.

그 사이 언론과 인터넷은 시합 날짜가 점점 다가오면서 이병웅과 정두영을 집중 조명했는데, 세계 최고 인기 선수라는 메이웨더 타이틀매치를 연상시킬 정도였다.

복싱을 배우면서 흥분이 올라왔다.

'밀애'의 비기는 자신의 의지로 배운 것이 아니었으나 복싱은 다르다.

비기는 자신의 온몸을 무기로 만들었고, 전투에 최적화된 신체를 갖게 만들었기에 복싱의 기술들을 솜이 물 빨아들이는 것처럼 흡수할 수 있었다.

*　　　　*　　　　*

'쉬익… 쉭… 쉭… 쐐액!'

이병웅이 링 위에서 자신이 가르쳐 준 복싱 기술들을 전부 꺼내들고 사방을 휩쓰는 걸 지켜본 이철성은 가슴이 터질 것 같은 흥분을 느꼈다.

저런 놈이 자신의 제자였다면 얼마나 좋았을까.

평생을 꿈꿔왔던 세계 챔피언의 소망.

만약 이병웅이 5년만 빨리 왔어도, 아니, 대한민국 최고의 인기 스타만 아니었어도 어쩌면 자신의 꿈은 이뤄질 수 있었을지 모른다.

그만큼 지금 눈앞에서 움직이고 있는 이병웅의 움직임은 믿지 못할 정도로 무서웠다.

사실, 보고도 못 믿을 일들이 훈련 기간 내내 일어났다.

펀치 기술을 하나씩 익혀 나갈 때마다 두 번 지적할 필요조차 없을 정도로 완벽한 각도와 균형을 만들어 냈다.

더 기가 막힌 건 초보들이 익히기에 거의 불가능한 연타 능력을 이병웅은 불과 한 달 만에 완벽하게 익혔다는 것이다.

스트레이트와 양 훅의 조화, 어퍼컷, 보디블로까지 이어지는 연타 기술은 최소 3년 이상 배워야 가능한 고급 기술이었다.

거짓말하지 말라고?

사실이다.

지금 말하고 있는 것은 단순히 펀치를 휘두르는 걸 말하는 게 아니다.

연타에는 펀치와 스텝의 정교한 조화, 그리고 상대의 펀치가 나올 타이밍에 맞춰 방어 기술까지 같이 포함되는 것이기 때문에 익히기가 지독히 난해한 기술이었다.

이제 그는 이병웅을 때리는 걸 포기하고 주로 미트질에 집중하며 펀치를 받아줬다.

처음에 그럭저럭 때릴 수 있었는데, 이병웅이 방어 기술을 익히고 나서는 자신의 스피드로 도저히 잡을 수 없었다.

몸의 움직임도 빨랐지만, 이병웅이 기본 방어술인 스토핑과 커팅, 그리고 더킹과 위빙만 사용했어도 그를 한 대도 때리지 못했다.

"이겨라."

"그래도 될까요?"

"시합에는 인정이 없는 법이다. 링 위에 올라간 이상, 상대를 죽이지 않으면 내가 죽는다는 각오로 싸워야 해. 시범 경기라지만 정두영은 결코 대충하지 않을 거야. 그리고 난 내 제자가 한번이라도 시합에 이기는 장면을 보고 싶다."

"해보죠. 관장님 꿈, 제가 이뤄 드리겠습니다."

* * *

시합 당일이 되자 온 관심이 정찬석의 동양 타이틀전에 몰렸다.

물론 메인 게임은 동양 타이틀전이지만, 정확하게 말한다면 이병웅이 출전하는 오픈게임이다.

수많은 기자들이 올림픽체육관에 몰렸는데, 스포츠 기자들

뿐만 아니라 전국의 연예계 기자들까지 전부 몰린 상태였다.

“난리도 아니구나.”

“자긴 아닌 것처럼 말하네.”

“직업이 직업이잖아. 먹고는 살아야지.”

성도일보의 연예기자 성미현이 입술을 삐죽이며 방송캐스터 이정연을 향해 눈을 흘겼다.

이정연은 TBC의 스포츠뉴스 앵커였는데 직접 체육관까지 왕림해서 성미현을 놀라게 만들었다.

“오늘, 많은 여자들이 가슴 아파할 거야.”

“왜?”

“이병웅이 임청 얻어 맞는 장면을 볼 텐데 가슴이 안 아프겠어?”

“설마… 대충하겠지. 정두영도 눈치가 있을 텐데, 그렇게 마구 때리겠니?”

“나도 처음엔 그렇게 생각했는데 아니래. 우리 선배가 정두영을 직접 인터뷰했는데, 각오가 대단했대. 반드시 KO시켜서 복싱이 얼마나 강력한 스포츠인지 알려 주겠다고 거품을 물었다잖아. 걔는 이병웅이 ‘정의가 간다’에서 활약한 걸 무척 고깝게 생각한 것 같아.”

“그래서 발로 개미를 밟아 죽이는 것처럼 이기겠다고 호언장담했구나?”

“그런 거지.”

“나쁜 놈이네.”

"그나저나 복싱 경기에 이렇게 많은 사람들이 몰린 건 처음 봐."

"사람들이 아니라 여자들이지. 미친년들이야. 지들이 언제부터 복싱을 좋아했다고 이 난리냐고!"

"그러지 마라. 사실 나도 직업만 아니었으면 구경 왔을 거야. 난 쟤들 심정 이해가 가."

"쳇, 양심 찔리게 사실을 말하고 그래. 아휴, 여우 같은 기집애."

"호호… 난 가야겠다. 이제 시작하려나 봐."

이정연이 부지런히 카메라 쪽으로 걸어가는 걸 보며 성미현의 눈이 관중들 쪽으로 향했다.

장관이다.

마치 인기 가수의 콘서트에 온 것처럼 관중들이 꽉 차 있었는데, 삼삼오오 앉아 있는 여자들 쪽에는 이병웅을 응원하는 격문들이 빼곡하게 들려 있었다.

*　*　*

두 개의 오픈게임이 끝난 후 장내 아나운서가 흥분을 고조시키기 시작했다.

그는 이 순간을 위해 목숨을 건 사람처럼 잔뜩 고조된 음성으로 양 선수의 출전을 알렸는데 이병웅의 이름이 나오자 여자들 입에서 비명 소리가 난무했다.

이병웅은 천천히 링을 향해 걸어 나갔다.

이 짓을 왜 하냐고?

내가 말했잖아. 난 내 행복과 자유를 위해 사는 게 인생의 목적이다.

세계 최고의 부자가 되는 것도, 사람들이 전부 좋아하는 스타가 되는 것도 그 일환이고 지금 복싱을 하는 것도 마찬가지야.

재밌으면 된 거지.

그리고 나에겐 '밀애'가 숨겨 놓은 비기가 있기 때문에 이런 결정을 했어.

내 능력을 시험해 본다는 건 정말 즐거운 일이거든.

복도를 걸어 링 위에 오르자 자신의 이름을 연호하는 사람들의 거대한 함성이 들려왔다.

이것도 괜찮네.

텔레비전에서 세계 챔피언들이 링에 오를 때 열광하던 관중들의 모습은 자주 봤지만, 자신이 직접 경험하자 전율이 올라왔다.

이래서, 사람들은 스타가 되고 싶어 하는 것이다.

뒤늦게 링에 올라오는 정두영을 바라보며 이병웅은 희미한 미소를 지었다.

최근 한 달 동안 언론은 그에 관한 기사들을 쏟아 냈는데, 주 내용은 자신에 관한 것이었다.

참 못난 놈이다.

인터뷰의 대부분이 겁 없이 복싱을 하겠다고 덤빈 자신을 욕하는 것들이었다.

「개미를 발로 밟아 죽이는 것처럼」

이런 기사의 타이틀이 전국에 깔렸고, 비슷한 내용들이 인터넷에 흘려지며 사람들의 웃음거리를 만들어 냈다.

노이즈 마케팅일 수도 있으나, 결코 유쾌한 일은 아니었다.

심판이 중앙으로 양 선수를 불렀을 때 자신을 향해 웃고 있는 정두영의 얼굴이 들어왔다.

가소로움이 가득 담겨 있는 미소.

그는 자신과의 시합이 그저 겁 없이 달려든 놈을 훈계해 주는 놀이 정도로 생각하는 것 같았다.

그럴 수도 있지.

하지만 너는 오늘. 인생을 살면서 얼마나 말도 안 되는 일들이 발생할 수 있는지 두 눈으로 똑똑히 확인하게 될 거야.

*　　　*　　　*

"시청자 여러분, 드디어 이병웅 씨가 출전했습니다. 이거 참 부르기가 애매하네요. 선수라고 부르기도 그렇고 이름만 부르기도 이상하고. 그렇죠?"

"하하… 시합에 나왔으니 선수라고 불러 주는 게 맞을 것 같네요.”

“사실 위원님께 묻기도 뭐한데… 이병웅 선수에 대해 조금 소개해 주시겠습니까?”

“제가 알아본 바에 따르면 이병웅 선수는 그동안 비밀리에 훈련한 곳이 있다고 들었는데 어제서야 그 장소가 알려졌죠. 지금 세컨으로 도와주는 이철성 관장의 ‘정도체육관’이었습니다. 이병웅 씨는 그곳에서 꽤나 열심히 훈련한 것으로 알려졌습니다.”

“특급 스타인 이병웅 씨가 시합에 출전한 경위에 대해서는 워낙 언론에서 많은 보도를 했기 때문에 더 이상 말할 필요는 없을 것 같습니다. 정 위원님 오늘 시합 예상은 어떻게 하시나요?”

YBS 스포츠 캐스터인 엄인섭이 웃음을 지으며 묻자 해설 위원인 정찬석이 슬그머니 입맛을 다셨다.

시합 예상은 개뿔.

네 눈에는 관중석에서 소리를 꽥꽥 지르고 있는 여자들의 모습이 안 보이느냐는 항의가 담겨 있는 시선이었다.

“시합은 당연히 정두영 선수가 이길 겁니다. 지금까지 언론 플레이를 하면서 다소 과하게 인터뷰를 했지만, 시범 경기라는 특성상 봐주면서 하겠죠. 프로 선수가 설마 일반인을 상대로 전력을 다하겠습니까?”

“그렇죠, 일종의 복싱 이벤트라고 보는 게 맞겠죠. 이병웅 선수도 이번 시합 출전이 복싱의 중흥이란 면을 강조했으니 진짜 시합과는 다를 것 같습니다."

"당연한 말씀입니다."

"아, 이제 시합이 시작되고 있습니다. 사실 긴장감은 떨어지지만 시청자들께서는 '복싱이 이런 것이다'란 관점에서 재미 삼아 보시면 좋겠습니다."

지금까지 훈련하면서 실전은 한 번도 치러 보지 않았다.

관장은 아예 체육관 문을 닫았기 때문에 스파링은 꿈도 꾸지 않았고, 그저 혼자만의 심상 훈련을 하며 시합 날짜를 기다렸다.

그럼에도 전혀 두렵지 않았다.

공이 울리는 순간 중앙으로 나가 주먹을 내밀어 정두영에게 인사를 했다.

그러자 정두영이 주먹을 마주 내밀며 받아 주었다.

한 발 뒤로 물러났고 그것이 시작이었다.

한국 챔피언, 그것도 5차 방어전까지 치른 베테랑 중의 베테랑.

정두영은 전진 스텝을 밟으며 조금씩 야금야금 앞으로 다가왔다.

그리고 던진 잽.

그냥 툭 던진 것 같은데 정확하게 안면을 향해 날아왔다.

힘이 없다.

정두영은 간을 보려는 듯 아니면 본격적으로 사냥하기 전 먹잇감을 놀리는 맹수처럼 잽을 연속으로 던지며 이병웅의 반웅을 살폈다.

하나는 커팅으로, 하나는 위빙으로 흘려 버렸다.

그런 후 사이드 스텝을 밟아 전진해 온 정두영의 압박을 해소시키며 급작스럽게 스트레이트를 날렸다.

장난으로 하지 마.

넌 사람들의 눈 때문에 간을 보는 것 같은데 이미 난 네 눈에 들어 있는 적개심을 봤어.

그러니 진짜로 해!

'파앙!'

이병웅이 던진 스트레이트가 정두영의 가드를 뚫고 안면에 정확하게 얹혔다.

정타는 아니었지만 고개가 뒤로 젖혀질 만큼 강력한 스트레이트였다.

주춤 뒤로 물러섰던 정두영의 얼굴이 슬쩍 일그러진 것은 날아온 펀치가 마치 송곳처럼 날카로웠기 때문이었다.

이놈 봐라.

스트레이트를 비껴 맞은 정두영의 스텝이 달라졌다.

슬쩍 내려와 있던 가드는 더욱 견고하게 변했고 던지는 잽의 강도가 이전보다 배는 빨라졌다.

복싱의 모든 공격은 잽으로부터 나온다는 말이 있다.

잽은 후속 공격을 하기 위한 전위 역할을 맡으며, 적의 균형을 무너뜨리기 때문에 잽이 특화된 선수치고 고수 아닌 자가 없었다.

정두영의 잽이 날카로워지는 걸 보며 이병웅이 슬쩍 미소를 지었다.

스토핑.

팔을 내밀어 잽을 견제하는 방어 기술을 펼치며 왼쪽으로 돌았다.

오른손잡이의 펀치를 가장 효과적으로 방어하는 건 왼쪽으로 도는 게 가장 효율적이다.

잽이 견제 당하자 정두영의 펀치가 본격적으로 가동되기 시작했다.

대충해서는 안 되겠다는 생각이 들었던지 1라운드 중반이 지나자 본격적인 공격을 펼치기 시작했다.

정두영의 펀치 속도가 빨라지며 귓가로 모기 울음소리와 비슷한 파공성이 연속으로 들려왔다.

이병웅은 머리 위로 지나가는 펀치를 느끼며 반사적으로 왼쪽 복부를 향해 주먹을 갈겼다.

아마, 이런 반격이 있을 거란 생각은 못 했겠지.

정확하게 펀치가 옆구리를 가격하자 정두영의 몸이 움찔하는 게 느껴졌다.

그 순간 어깨로 밀면서 거리를 확보한 후 원투 스트레이트를 날렸다.

'쾅, 콰앙…….'

펀치가 정확하게 안면에 꽂히면서 정두영의 몸이 캔버스에 널브러졌다.

예상하지 못한 상태에서 펀치를 맞았기 때문에 균형을 잃고 쓰러졌던 그가 카운터 5에서 벌떡 일어나는 게 보였다.

분노에 사로잡힌 눈.

그래, 난 그런 눈을 원했어.

난, 대충하는 놈과 싸우기 위해 링에 올라선 게 아니다.

정두영이 다운을 당하는 순간 관중들이 벌떡 일어나며 거대한 함성을 쏟아 냈다.

그들은 예능 프로그램을 보는 것처럼 편안한 자세로 웃으며 관전하다가 점점 치열해지는 경기를 보며 이미 웃음을 지운 상태였다.

기어코 벌어진 기적.

정두영이 이병웅의 펀치에 의해 다운을 당했다는 사실이 관중들을 가만 있지 못하게 만들었다.

쓰러졌다 일어난 정두영은 완전히 다른 복서가 되어 있었다.

분노로 인해 눈은 활활 타올랐지만, 완전한 전사가 되어 이전과 완벽하게 다른 공격을 퍼붓기 시작했다.

'위잉… 위잉… 윙.'

정두영의 연타 능력은 그가 왜 웰터급의 최강자인지 알려줄 만큼 강력했다.

이미, 그의 눈은 차갑게 가라앉았는데, 처음에 이병웅을 바라보던 눈은 찾아볼 수 없었다.

치열한 접전이 벌어졌다.

일진일퇴의 공방전.

도저히 연예인이 출연한 시범 경기라 볼 수 없을 정도로 수준 높은 경기에 관중들의 눈이 찢어질 것처럼 커졌다.

이건 뭐, 시범 경기가 아니라 타이틀전을 연상시킬 만큼 치열한 공방전의 연속이었다.

2라운드가 끝나고 돌아왔을 때 세컨을 보고 있는 이철성의 얼굴도 흥분으로 인해 잔뜩 붉어진 상태였다.

“라이트 스트레이트에 두 번이나 걸렸어. 조심해, 정타로 맞으면 간다.”

“맞은 것 같지만 전부 흘렸습니다. 걱정하지 마십시오.”

“3라운드에는 본격적으로 접근전을 펼칠 거야. 저쪽 세컨 쪽을 봐라. 어때 보여?”

“처음과 다르네요.”

그랬다.

처음 시합이 시작되기 전 정두영의 세컨 쪽은 어디 소풍이나 놀러온 사람들처럼 웃고 떠들며 즐거워하고 있었다.

하지만 지금은 완전히 다른 모습들이다.

그들은 정두영에게 뭔가를 계속 주문하고 있었는데, 2라운드까지의 경기가 박빙으로 흘렀기 때문이었다.

“저놈의 특기는 접근전이야. 지금까지는 최선을 다하지 않았다는 뜻이다. 하지만 이젠 그렇게 하지 않을 거야. 결국 널 쓰러뜨리려 할 게 분명해.”

“알고 있습니다.”

“안 무섭냐?”

"뭐가 무섭습니까. 전력을 다하지 않은 건 저도 마찬가지예요. 오히려 무서워할 사람은 저 친굽니다."

"허어……."

근접전을 펼칠 것이란 예상은 자신도 했다.

얼마나 자존심에 상처를 입었겠나.

복싱 선수도 아닌 놈을 쉽게 요리하지 못하고 다운까지 당했으니, 정두영의 지금 심정은 칼을 물고 싶은 심정일 것이다.

링에 오르면서 많은 고민을 했다.

자신으로 인해 유망한 복서가 치명타를 입는 건 바라지 않았다.

대충 하면서 시간을 보내다가 링에서 내려오는 것도 괜찮은 게 아니냐는 생각을 했으나, 결국 고개를 흔들었다.

그는 전사다.

그리고 나의 가슴속에도 전사의 피가 흐르고 있었다.

전사에게 대충이란 말은 어울리지 않지, 전사는 치열한 전투에서 빛을 발하는 존재다.

* * *

링의 중앙으로 나가자 곧바로 정두영이 품 안으로 뛰어들어 왔다.

그는 한국 챔피언으로 10여 차례나 10라운드를 소화한 프로 복서였고, 동양 타이틀전을 위해 계속 훈련을 해 온 사람이었다.

그랬으니 3라운드를 소화하는 건 일도 아니다.

품 안으로 뛰어든 정두영의 펀치가 소나기처럼 날아왔다.

그는 이번 라운드에서 반드시 승부를 보겠다는 듯 거칠게 접근해 왔는데, 펀치 하나하나에 살기가 담겨 있었다.

피할 수 있었으나 피하지 않았다.

그 역시 김빠진 사이다처럼 경기를 도망 다니면서 운영할 생각은 추호도 없었다.

링의 중앙에서 머리를 맞댄 채 마주 펀치를 갈겼다.

둘 중 하나는 죽자.

눈과 눈이 마주친 자세에서 절대 물러서지 않았다.

복서는 상대의 눈에서 시선을 떼지 않는 게 기본이다.

적의 눈에서 공격과 방어의 실마리를 찾을 수 있으니 복서는 언제나 상대의 눈을 바라본다.

정두영의 오른손 훅이 교묘한 각도로 꺾이며 안면을 노리는 순간, 자신 역시 오른 손 쇼트훅을 쳐올렸다.

어퍼컷.

이미 정두영은 훅을 구사하기 위해 어깨가 열린 상태였기 때문에 턱이 비어 있었다.

덜컥!

정두영의 훅은 빗나갔고 대신 고개가 위로 올라가는 게 보였다.

짧은 순간 제대로 임팩트가 되었기 때문에 정두영이 견디지 못하고 뒤로 물러섰다.

그때부터 이병웅은 무차별적인 공격을 감행했다.

그동안 훈련해 온 연타 공격을 전부 쏟아부었다.

정두영을 쓰러뜨린 건 계속된 공격으로 로프에 몰린 그가 반격을 하기 위해 라이트 훅을 날릴 때였다.

마주 갈겼다.

턱은 비어 있었고, 계속되는 펀치를 맞으며 반쯤 눈이 풀려 있는 상태였기 때문에 더 이상 기다릴 필요가 없었다.

"쿠웅!"

정두영이 쓰러지는 순간 올림픽 체육관이 정적에 사로잡혔다.

기적.

사람들의 눈에는 기적이 일어난 것처럼 보였을 것이다.

그리고 한참 후 터져 나온 환성과 비명 소리.

그 환성과 비명 속에 담긴 것은 믿을 수 없는 장면을 봤다는 충격이었다.

* * *

"아, 정말 이게 어떻게 된 일입니까. 정두영 선수가 쓰러졌습니다. 심판이 카운트를 세고 있지만 일어서지 못할 것 같습니다."

"눈이 풀렸어요. 저런 상태에선 일어나도 게임을 지속할 수 없습니다."

해설 위원 정찬석이 고개를 흔들며 단적으로 말했다.

오랜 그의 경험으로 봤을 때 저런 상태에서 일어나는 선수를 본 적 없기 때문이었다.

"이병웅 선수, 대단하군요. 정 위원님, 3라운드엔 거의 이병웅 선수의 압도적인 우세였죠?"

"그렇습니다. 저는 오랫동안 복싱 해설을 해 왔지만 이런 경우는 처음입니다. 한국 챔피언이 일반인에게 무너지는 장면을 누가 상상이나 했겠습니까."

"말씀드리는 순간 경기 끝났습니다. 이병웅 선수가 한국 챔피언 정두영 선수를 3라운드 2분 32초 만에 쓰러뜨리고 KO승을 따냈습니다. 전혀 예상외의 결과가 일어났습니다."

"참 안타까운 일이 발생하고 말았군요. 설마설마했지만 이런 결과가 나오니까 뭐라 드릴 말씀이 없네요."

복싱 관계자로서 활동해 온 사람이었으니, 현직 챔피언이 일반인에게 무너지는 장면을 확인한 정찬석의 표정이 어둡게 변했다.

이번 시합이 결정되었을 때 그는 권투 협회 관계자들에게 거품을 물면서 화를 냈다.

복싱은 쇼가 아니다.

더군다나 곧 동양 타이틀에 도전할 선수를 연예인과 시합하게 만든 다는 건 도저히 용납할 수 없는 일이었다.

그러나 권투 협회는 프로모션의 달콤한 제안에 이미 맛이 들어 그의 분노를 귓전으로도 듣지 않았다.

"정 위원님 이병웅 선수의 복싱 기술에 대해서 한 말씀 해 주시죠."

"예, 이병웅 선수는 제가 봤을 때 정두영 선수 이상의 기량을 가지고 있었습니다. 물론 정두영 선수의 시합에 임하는 자세가 문제 있었던 건 사실이지만 그럼에도 이병웅 선수의 펀치력과 방어 기술은 흠잡을 데가 없을 만큼 좋았어요. 정말 대단한 기량을 가지고 있습니다."

"이병웅 선수가 정두영 선수를 안아 주고 있습니다. 그럼에도 너무 낯설어서 뭐라 말하기 어렵군요. 우린 반대 장면을 지금까지 쭉 상상하고 있었는데 말입니다."

"정두영 선수는 앞으로 힘든 시간을 보낼 것 같군요. 부디 충격을 이겨내고 다시 정진해 주기를 진심으로 바랍니다."

*　　　　*　　　　*

'창공'의 김윤호는 뒤늦게 벌 떼처럼 일어나 이병웅을 연호하는 관중들을 바라보다가 달려오는 기자들을 확인하고 팔짱을 풀었다.

그 역시 아직 충격에서 벗어나지 못하고 있었지만, 기자들은 그를 가만히 두지 않았다.

"대표님, 이병웅 씨가 정말 대단한 복싱 기술을 가지고 있었는데, 혹시 알고 계셨나요?"

"전혀 몰랐습니다. 저는 그저 이번 시합이 사람들을 즐겁게 하기 위한 이벤트 정도로만 생각했을 뿐입니다."

"그럼 이병웅 씨가 이길 수도 있다는 걸 전혀 몰랐단 말입니까?"

"그렇습니다. 저로서는 꿈에도 생각하지 못했던 일입니다."

"거의 한 달 동안 훈련했다고 하는데……."

기자들에게 둘러싸여 답변을 하는 것 자체가 고역이었다.

기자들은 아무것도 모르는 자신에게 끝없이 이병웅에 대한 질문을 쏟아 냈기에 결국 모른다는 답변만 앵무새처럼 지껄일 수밖에 없었다.

정말 미치고 펄쩍 뛸 일이 벌어졌다.

이병웅.

도대체 이 자식은 정체가 뭐란 말인가.

아무리 이해하려 노력해도 도저히 이해가 불가능해서 이젠 포기해야 되겠다는 생각마저 들었다.

자신에게 몰려들었던 기자들이 링에서 내려오는 이병웅을 향해 달려가는 걸 보며 김윤호의 입에서 깊은 한숨이 몰려나왔다.

한국 챔피언을 이겼다는 건 다른 신드롬과 근본적으로 차원이 다른 얘기였다.

이병웅을 스카웃한 이후 지금까지 벌어졌던 일련의 과정들을 보며 천운의 연속이란 생각이 들었다.

제대로 활동하지 않았음에도 대한민국 최고의 특급 스타로 올라선 건 그가 지닌 특별한 외모가 결정적인 역할을 했다고 판단했다.

하지만 이젠 그런 생각조차 버려야 할 것 같다.

저놈은 자신의 범주를 훨씬 뛰어넘는 역량을 가지고 있으니 그저 떨어지는 과일만 주워 먹는 게 맞는 일이다.

누가 누구를 관리한단 말인가.

'창공'이 기획사의 원 톱 위치에 있지만, 저런 놈을 다른 스타들처럼 어장 안의 물고기로 관리한다는 것 자체가 말도 안 되는 일이란 생각이 들었다.

제21장
아름다운 그 사람들

대한민국은 다시 한번 발칵 뒤집혔다.

현역 프로 복서, 그것도 한국 챔피언을 KO로 잡아 버린 이병웅의 기행은 해외 토픽으로까지 퍼져 나갔다.

전 언론이 이병웅에게 집중되었고, 중계방송을 본 직장인들은 경기 결과에 대해 이야기를 하느라 업무까지 마비될 정도였다.

*　　　*　　　*

"병웅아, 넌 슈퍼맨 해라. 내가 아무리 생각해도 넌 슈퍼맨이 천직이겠어."

"슈퍼맨보단 베트맨이 어울리지. 병웅이가 초능력자는 아니잖아. 베트맨은 부자라서 막 첨단 자동차 몰고 다니며 나쁜 놈들 때려잡으니까 그게 더 어울려."

"그만들 해."

"너 설마 복싱 선수로 나가는 건 아니겠지?"

홍철욱과 문현수가 진짜 궁금하다는 표정으로 이병웅을 바라보았다.

어쩌면 그의 권투 실력으로 봤을 때 그럴 가능성도 있기 때문이었다.

단 한 달 훈련해서 한국 챔피언을 이길 정도면, 반년만 열심히 할 경우 세계 챔피언도 될 것 같았다.

"너무 나가지 마라. 난 자존심을 위해 싸웠을 뿐이야."

"안 한다는 뜻이네. 그건 다행이다."

"만약에 네 자존심을 건드리는 놈이 있으면 또 싸울 거야?"

"그건 그때 가 봐야지."

"이 자식, 생각이 있구나. 생각이 있어."

"하하… 한 달 동안 해 봤는데 정말 재미있었어. 더군다나 막상 링에 올라가 수많은 사람들이 지켜보는 곳에서 싸워 보니까 전율이 올라올 정도로 흥분되고 좋았어. 아무래도 난 복싱이 체질에 맞나 봐."

"미친놈아, 넌 백만장자야. 아니지, 천만장자라고. 그렇게 돈 많은 놈이 왜 복싱이 좋아. 고상하고 아름답게 와인이나 마시면서 미녀들과 해변이나 거닐어야지!"

"사람마다 가는 길이 다른 거다. 난 복싱도 좋고 노래도 좋아. 네 말대로 미녀들과 해변을 걷는 것도 좋아해. 그리고 무엇보다 난 모험이 좋다. 인생을 살면서 자유를 만끽하며 모험을 즐기는 것만큼 행복한 건 없어."

"우우… 그놈의 자유."

이병웅의 대답을 들은 홍철욱이 늑대 울음소리를 냈다.

그로서는 이병웅의 기행이 전혀 이해되지 않기 때문이었다.

"기자들이 일개중대씩 진을 치고 널 따라 다녀. 여기 강의실을 나가면 건물 앞이 전부 기자들이다. 어쩔래?"

"뭘 어째, 베트맨처럼 바람같이 사라져야지."

"나가는 곳은 전부 막아 놨을 텐데?"

"우리만 아는 비밀 통로 있잖아. 그곳으로 빠져나가면 돼."

경영대 건물을 빠져나가는 방법은 3가지가 있다.

동쪽과 서쪽 통로와 현관을 통해 나가는 것.

하지만 컴퓨터실을 통해 창문으로 빠져나가는 방법도 있다. 그게 바로 비밀 통로다.

"천하의 특급 스타 이병웅이 개구멍으로 도망가다 걸리면 쪽팔려서 어쩌려고 그래. 그냥 당당히 나가서 시달리다 가라. 그 사람들도 먹고 살아야지."

"나도 그런 생각으로 열심히 인터뷰했어. 그런데 그 사람들 포기를 몰라. 물었던 거 또 물어 대는데 미치겠어. 벌써 일주일 내내 시달렸다."

"힘들기도 하겠네. 그래도 어쩌냐. 특급 스타가 그 정도 고생은 해야지."

"까불지 말고 이제 가자."

이병웅이 가방을 챙겨서 일어나자 두 놈이 눈을 끔뻑거리며 움직이지 않았다.

놈들은 같이 갈 생각이 전혀 없는 것 같았다.

"우린 정문으로 나가서 적을 유인할게. 넌 비밀 통로로 나가서 적의 측면을 쳐."

"이런 의리 없는 새끼들."

"난 덩치가 커서 창문으로 못 나가. 현수야, 뭐 해 인마. 얼른 회사에 가서 일해야지."

홍철욱이 손짓을 하자 기다렸다는 듯 문현수가 자리를 박차고 일어나 뒤도 돌아보지 않은 채 도망갔다.

그 모습을 보며 이병웅이 인상을 썼다.

의리는 강호에서 사라졌고, 이제 무사히 살아남아 귀환하는 것만 남았다.

터덜터덜 걸어 1층으로 내려간 이병웅은 학생증을 컴퓨터실에 댄 후 문을 열었다.

지금 시간은 수업이 없기 때문에 빠져나가는 데 아무런 지장이 없을 것이다.

하지만 아무도 없을 거란 그곳엔 2명의 학생이 뭔가를 열심히 그리고 있었다.

대충 봐도 포스터다.

이병웅이 컴퓨터실로 들어서자 포스터를 그리고 있던 여학

생들이 귀신을 본 것처럼 놀란 눈을 만들었다.
그중 한 명은 안면이 있는 경영학과 후배였다.
"선배님!"
"민경아, 너 여기서 뭐 해?"
"작업할 게 있어서요. 그런데 선배님이 여긴 어쩐 일이세요?"
팔짝거리며 뛰어온 정민경이 코앞까지 다가와 열심히 그의 얼굴을 바라보았다.
나머지 하나는 아예 얼굴을 붉힌 채 제자리에서 꼼짝하지 못했는데, 숫기가 많이 부족한 것 같았다.
"어, 난 저기 창문으로 우회해서 적의 측면을 치는 임무를 맡았어."
"그게 무슨 소리예요?"
"그런 게 있다. 그런데 저건 뭐니?"
여기저기 널브러진 포스터를 향해 이병웅이 다가갔다.
대학생들이 흔히 만드는 포스터.
거기엔 합동 결혼식을 알리는 글귀가 담겨 있었다.
"결혼식 포스터네?"
"예, 저희가 봉사 활동을 다니는 소망의 집에서 3쌍이 합동 결혼식을 올려요. 그래서 포스터를 작정하는 중이에요."
"이걸 만들어서 어쩌려고?"
"여러 곳에 붙일 거예요. 그분들은 워낙 힘들게 살아오셔서 축하해 줄 사람들이 부족하거든요."
정민경의 설명은 간단했지만 많은 걸 의미하고 있었다.

사회적 약자들의 결혼식.

아무도 관심 갖지 않는 그들의 결혼식을 정민경은 정성스럽게 만든 포스터로 알려 하객들이 올 수 있도록 노력한다는 뜻이었다.

"좋은 일 하는구나."

"별거 아니에요. 저희보다 훨씬 더 고생하는 사람들도 많은걸요."

"어디서 하는데?"

"구로구민회관에서 보름 후에 해요."

"착한 놈. 난 네가 이렇게 예쁜 앤 줄 몰랐어."

이병웅이 정민경의 머리를 가만히 쓰다듬어 주었다.

움찔.

그녀의 몸이 경직되는 게 느껴졌으나 모른 체하고 이병웅은 창문 쪽으로 걸음을 옮겼다.

*　　　　*　　　　*

미국의 사태는 이제 본격적으로 금융 쪽에 불을 붙이기 시작했다.

12월이 되자 베어시턴스가 위험하다는 소리가 나왔고, 리만브라더스를 비롯해서 수많은 은행과 증권사가 휘청거린다는 소문이 무성했다.

미국 주식은 끝없는 추락을 거듭하고 있었다.

불과 3개월 만에 13%가 빠졌는데, 그 절망의 늪은 점점 깊어만 갈 뿐이었다.

최철환 교수와는 수시로 전화를 하면서 정부의 움직임에 대해 의견을 나누었다.

예상했던 것처럼 정부에서는 특별한 조치를 취하지 못하고 있었다.

어쩌면 당연한 일이다.

한창 소문만 무성할 뿐, 미국의 금융 쪽은 아직 무사했기 때문에 정부가 먼저 나서서 액션을 취한다는 것도 지금 상황에서는 맞지 않다.

그나마 다행인 건 그가 말한 대로 미국과 일본 쪽에 줄을 대어 통화 스와프를 맺기 위해 정부가 발 벗고 나섰다는 것이었다.

최철환 교수의 노력 덕분이었다.

그는 비상 TF팀의 팀장으로서 정부를 강력하게 설득하며 통화 스와프의 중요성을 끝없이 주장했다.

* * *

뭔가를 결정하고 일을 저지른 후에는 특별히 할 게 없다.

'제우스'가 그랬다.

미국 다우와 나스닥 지수를 추종하는 인버스2X에 투자한 후 직원들은 정보만 수집할 뿐, 다른 액션을 취하지 않았다.

들어오는 정보마다 점점 악화되고 있다는 것뿐이었다.

물론 미국 정부와 연준은 경제와 금융에 전혀 지장이 없다고 매일 앵무새처럼 떠들어 댔으나, '제우스'의 직원들은 아예 그들의 말을 신뢰하지 않았다.

미국 정부나 연준의 발표는 전부 거짓말이다.

손바닥으로 하늘을 가리는 것처럼 사실과 반하는 말들을 언론에 흘리며 어떡하든 사태를 축소시키려 하고 있지만, 각종 경제지표가 급격히 추락하는 중이었고, 믿을 수 있는 경제 정보들이 상황 악화를 계속해서 알려왔다.

이런 상황이었으니 무조건 버티면 된다.

언제까지?

미국 정부가 나서서 국민들에게 진실을 알리고 해결책을 마련한다면 그때 팔아도 된다.

이병웅은 시합이 끝난 후 또 하나의 광고를 찍었다.

광고가 시간 대비 수익 면에서 최고라고 했는데 그 말이 실감난다.

다른 광고들은 길게는 3일까지 걸렸지만, 맥주 광고는 불과 하루 만에 촬영이 끝났다.

물론 화보 촬영까지 했기 때문에 하루가 더 소요되었으나, 걸린 시간은 그리 많지 않았다.

광고는 물밀듯 밀려들고 있었다.

최근 들어 이병웅의 인기는 하늘을 찌르고 있는 중이었기에 대기업들은 그를 잡기 위해 혼신의 힘을 다했다.

복싱 시합이 끝난 후 그의 이름은 방송과 각종 언론의 단골 메뉴였고, 이병웅에 관한 프로그램은 시청률 상한가를 기록할 정도였다.

그러나 기업들이 무차별적으로 달려든 결정적 이유는, 그가 광고를 찍은 자동차와 화장품이 대박을 터뜨렸기 때문이었다.

대박도 그냥 대박이 아니라 물건이 없어서 못 팔 지경이었다.

특히 자동차는 예약하고 6개월이나 기다릴 만큼 폭발적 인기를 끌었기 때문에 정문자동차 관계자들은 입이 함지박만 하게 벌어졌다.

*　　　*　　　*

이병웅은 오랜만에 '창공' 사무실을 찾았다.

김윤호에게 부탁했던 것이 얼마나 추진되었나 궁금했고, 자신의 다음 스케줄에 대한 상의를 하기 위함이었다.

창공으로 들어서자 모든 사람들이 자리에서 일어났다.

국내 최대 기획사답게 사무실에는 30여 명이 일을 하고 있었는데, 그가 들어서자 마치 약속이나 한 것처럼 자리에서 벌떡 일어나 박수를 치며 그를 반겼다.

왜들 이래, 쑥쓰럽게.

김윤호가 먼저 튀어나온 건 분명 박수 소리를 듣고 이병웅이 왔다는 걸 확신했기 때문일 것이다.

"아이고, 어서 와라. 윤희 씨, 커피 좀 부탁해. 뭐 해, 얼른 들어가자."

칙사 대접이 따로 없다.

김윤호의 위치에서 소속사 연예인에게 이런 행동을 하는 건 정말 오랜만에 보는 일이었다.

"복싱 시합 끝나고 처음 보네. 얼굴 잊어 먹겠다."

"통화는 자주 했잖아요."

"도대체 뭐가 그리 바쁜 거야?"

"시합 끝나고 기자들한테 시달리느라 정신없었어요. 광고도 찍었고, 그동안 졸업 시험도 봤어요. 저 무척 바쁜 사람입니다."

"어이구, 그런 인간이 매니저는 왜 자꾸 팽개치고 다녀. 그놈 잘못하면 실업자 신세 된다. 네가 안 데리고 다녀서 걔가 자살하기 일보 직전이야."

"말씀드렸잖아요. 전 매니저가 필요 없다니까요."

"제발 그러지 마라. 우리 생각도 좀 해 줘. 창공의 간판스타가 매니저 없이 혼자 다니다가 사고라도 나면 우린 어쩌냐. 저번처럼 일주일이나 연락도 안 되면 답답해서 죽어!"

"하하… 필요할 때 이야기할게요. 그때까지는 절 자유롭게 내버려 두세요."

"그놈의 똥고집."

"저번에 부탁했던 거 잘 진행되고 있나요?"

"당연하지, 누구 일인데. 그리고 앞으로는 부탁이란 말 쓰지

마. 그건 당연히 우리가 해야 할 일이니까."

"얼마나 진행됐어요?"

"길어야 두 달. 우리나라 최고의 작곡가들한테 맡겼고, 그중 철저하게 선별 작업을 해서 골라낼 거야. 대한민국 넘버원의 데뷔곡인데 그 정도는 해야지."

"두 달이라면 아직 시간이 많네요."

"많긴 뭐가 많아. 지금 우리 애들이 그거 쫓아다니느라 죽을 판이다. 최고라는 놈들한테만 의뢰해 놔서 그런가, 서둘러 달라는 우리 말엔 콧방귀도 뀌지 않아."

"기다려야죠. 베스트들은 원래 그런 거잖아요."

"그런데 정말 내년에 콘서트 여는 거 맞지?"

"그럼요. 사장님 돈 벌게 해 드리려면 열심히 해야죠."

"헐! 누가 들으면 착한 연예인인 줄 알겠네."

"하하… 아닌가요?"

이병웅이 활짝 웃으며 말하자 김윤호의 얼굴이 저절로 찡그려졌다.

기획사와 계약을 했지만, 전속 계약금도 받지 않았으니 강제할 아무런 근거도 없다.

더군다나, 이병웅이 특급 스타가 되기까지 소속사에서 해 준 건 아무것도 없었다.

'환상의 파트너', '정의가 간다', '한국 챔피언과의 복싱 경기'.

광고를 빼고 이 거대한 이벤트들에 '창공'은 전혀 관여하지 못했다.

그런데도 이병웅은 스스로의 힘으로 대한민국 최고 스타가 되었으니 착한 연예인으로 따지면 대상감이다.

"병웅아, 5일 후에 '창공' 소속 연예인들 파티가 있다. 이 행사는 매년 전 언론의 주목을 받아 왔어. 비록 '창공' 자체 행사지만, 워낙 특급 스타들이 많기 때문에 기자들이 줄을 서서 기다리는 행사야. 그러니까 반드시 와야 돼."

"5일 후면 14일 말입니까?"

"응, 맞아. 더 늦으면 각종 시상식이 있기 때문에 매년 그날 해 왔어."

"몇 시에 하는데요?"

"저녁 7시부터."

"그럼 참석하겠습니다."

"조금 일찍 와라. 기자회견도 하고, 포토 라인에서 사진도 찍어야 하거든."

"얼마나요?"

"3시까지. 그러면 여유가 있을 거야."

"그건 조금 곤란한데요. 제가 3시에 일이 있거든요. 그냥 저 빼고 하십시오. 전 저녁에나 참석할게요."

* * *

평상시 회의는 10시에 시작된다.

회의의 내용은 대동소이.

전날 수집한 정보들을 분석하고 향후 전략을 짜는 것이 주 내용이다.

더불어 현재 정설아가 운영하고 있는 선물, 옵션도 회의 내용의 일부분에 해당한다.

그녀는 남아 있는 자금 2,500억 중에서 500억을 떼어 선물에 투자하고 있었는데, 수익률이 벌써 25%에 달했다.

어쩌면 당연한 일이다.

하방 베팅.

미국에서 들어온 정보는 여전히 하방을 가리켰으니 선물에서는 무조건 이익이 발생했다.

이제 '제우스'의 식구들은 6명.

그들이 분야별로 나뉘어 '제우스'를 운영하고 있었다.

새로 들어온 김경아가 선물, 윤지현이 옵션 쪽을 담담했고 홍철욱과 문현수는 각종 정보를 취득하고 분석하는 작업을 한다.

가장 중요한 미국 시장의 인버스는 당연히 정설아의 몫이었다.

"오늘 투자 회의는 여기서 끝내고 지금부터는 내가 그동안 구상했던 엉뚱한 이야기를 할 테니까 재미있게 들어 줘."

"뭔데? 엉뚱한 이야기라니까 엄청 궁금해."

정설아가 바짝 앞으로 다가서자 직원들이 전부 그녀를 따라했다.

지금까지 이병웅이 이런 이야기를 꺼낸 건 처음이었기 때문이었다.

"난 가끔 이런 생각을 했어. 세상에서 가장 필요한 물건들이 뭘까? 만들기만 하면 폭발적으로 팔릴 물건들 말이야. 여러분은 그런 생각 안 해 봤어요?"

"헐!"

이병웅의 질문에 직원들이 황당한 표정을 지었다.

만들기만 하면 폭발적으로 팔릴 물건들.

그런 상상을 해 본 적이 없기 때문이었다.

공부하느라, 그리고 회사에 취직해서는 일하느라 정신없이 살아왔으니 그런 생각을 해 봤을 리 없다.

"난 어려서부터 그런 생각들을 정말 많이 해 왔어."

"병웅 씨가 그렇게 말하니까 정말 궁금해. 어떤 것들이야?"

"음, 첫 번째. 우리 아버지는 담배를 많이 피우셨어. 그래서 늘 그런 생각을 했지. 건강에 좋은 담배가 있으면 좋겠다. 담배 맛은 똑같은데 건강에 좋은 담배. 담배 연기가 다른 사람들의 건강을 도와주는 그런 담배 말이야."

"미치겠다."

"안 될까? 혹시 가능한데 투자할 자금이 없어서 개발이 미뤄지는 건 아닐까?"

"가만히 생각해 보니 그럴 수도 있겠다. 누군가 나서서 그런 담배를 개발한다는 소식은 들은 적이 없거든."

"그게 내 첫 번째 공상이야. 하지만 공상이 현실이 된다면 우린 떼돈을 벌 수 있을 거야."

"그렇게 된다면 어마어마한 돈을 긁을 수 있어, 생각해 봐 전 세계의 애연가들이 전부 피울 거 아냐. 만약 그런 담배가 있으면 나부터 피우겠다."

"그렇지?"

"당연한 말씀."

"하하… 그럼 철욱이가 동의했으니까 이건 철욱이 네가 맡아서 정보를 수집해 봐."

"야! 너 그 거짓말 정말이냐?"

"난 조그만 가능성이 있다면 무조건 갈 생각이다. 성공만 한다면 우리가 만든 회사가 세계를 장악할 텐데 못 할 이유가 있어?"

"으……."

이병웅의 말에 홍철욱이 긴 신음을 흘렸다.

막상 생각해 보니 이병웅의 말은 절대 허황된 게 아니었다.

가장 중요한 건 '제우스'에 막대한 자금이 있다는 것이었다.

정설아의 입이 다시 열린 건 홍철욱이 이병웅의 말을 인정한다는 듯 고개를 끄덕이며 자신의 노트에 뭔가를 적을 때였다.

"병웅 씨, 정말 공상 만화 같은 이야기네. 다른 것도 있어?"

"응, 두 번째는 신고만 다녀도 살이 빠지는 신발이야."

"우와, 그런 신발이 정말 있다면 대박이겠다. 당장 나부터 사 신을 것 같아."

"날씬한 팀장님이 그걸 왜 신어요. 우리같이 뚱뚱한 사람들이 신어야지!"

김경아가 정설아를 바라보며 입술을 씰룩였다.

맞는 말이다.

그런 신발이 있다면 날씬한 정설아보다 통통한 몸매를 가지고 있는 김경아에게 더 어울렸다.

"그럼 이건 경아 씨가 해 줘요. 음… 내 생각에는 한의학 쪽에서 시작하는 게 좋을 것 같아. 인간의 발에는 모든 기관이 연결되어 있다는 말 들어 봤죠?"

"아… 들어 봤어요."

"신발과 한의학에 초점을 맞춰서 가능한지 알아봐 줘요. 내 생각엔 이것도 가능할 것 같다는 생각이 들어요."

"우와, 우리 사장님 정말 대단하세요. 그런데 안 되면 어쩌죠?"

"포기만 하지 않는다면 우린 반드시 해낼 수 있어요. 난 그렇게 생각해요."

결국 끝까지 해보란 말이다.

회사에 다니는 직장인에게 가장 무서운 말이 무엇이겠나.

무조건 성과를 가져오라는 것이다.

두 번째 공상이 끝났을 때 직원들은 더 이상 입을 열지 않고 이병웅을 바라봤다.

더 있으면 해 보라는 의미를 담은 채.

"셋째는 세차를 하지 않아도 되는 자동차를 만드는 겁니다. 우린 맨날 차가 더러워서 고민하잖아요. 안 그래요?"

이병웅의 말에 직원들의 입에서 동시에 탄성이 터져 나왔다.

당연한 이야기다.

세차를 하면 얼마 지나지 않아 차가 더러워져 스트레스를 잔뜩 받기 때문에 만약에 그런 자동차가 나온다면 무조건 살 것 같았다.

"우린 자동차를 만들 수 없어요. 기존 자동차 회사가 있을 뿐만 아니라 자동차 회사를 만들 자금도 부족하니까요. 하지만 기존 자동차에 그런 장치를 개발해서 입히면 되지 않겠어요?"

"어떻게?"

"지금도 자동차들은 코팅을 해서 나와요. 나는 화학적으로 오염 물질을 자연스럽게 분해해서 날려 버릴 수 있는 화학물질을 개발할 수 있다는 생각이 들어요."

직원들이 감탄스러운 눈으로 이병웅을 바라봤다.

이것도 개발만 되면 대박이다.

모든 자동차 회사는 그런 제품이 개발된다면 무조건 달려들 수밖에 없으니 진짜 엄청난 돈을 쓸어 담을 수 있을 것 같았다.

"또 있어?"

"당연히 있지."

"뭔데?"

"그건 나중에 말해 줄게. 먼저 내가 말한 세 가지만 먼저 시도해 보자고. 자동차는 현수가 맡아 줘."

"오케이."

"그리고 팀장님도 할 일이 있어요."

"말씀하시죠, 사장님."

"미국에 '제우스' 지점을 내고 싶어요. 그리고 중국에도."

"지점을… 낸다고?"

"처음에 말한 것처럼 우린 미국과 중국 시장을 장악해야 됩니다. 미국은 기축 통화국이니 당연히 잡아야 하고, 중국은 현재 발전 속도로 봤을 때 조만간 미국을 위협하는 강대국으로 자리 잡을 거예요. 그들이 보유하고 있는 인구. 그 인구가 돈으로 보이지 않으세요?"

"보여. 나도 그런 생각은 하고 있었어. 하지만 어느 정도 자리를 잡은 후에 해야 된다고 생각했는데 너무 빨라서 당황했을 뿐이야."

"지금이 적기라고 생각해요. 조만간 미국은 무너집니다. 그런 와중에 수많은 기업들이 박살 날 거예요. 우린 그중 좋은 기술을 가진 회사를 손에 넣어야 돼요."

"오케이, 무슨 말인지 알았어."

"시간이 많지 않아요. 무슨 뜻인지 알죠."

"응."

전혀 망설이지 않는 대답이 그녀의 입에서 나왔다.

증권가의 에이스답게 그녀는 이병웅이 의도하는 말을 정확하게 캐치했단 뜻이었다.

몇 가지 이야기를 끝으로 회의가 끝나자 홍철욱의 입이 열렸다.

"오늘 점심은 고상하게 감자탕집 어때?"

"이씨, 그러지 마요. 난 정말 감자탕 못 먹는다고!"

"하하… 농담. 우리 초밥 먹으러 갑시다."

* * *

이병웅은 식사를 한후 옷을 갈아입었다.

정문자동차 측에서는 이병웅의 광고 출연으로 대박이 터지자 감사의 표시로 '포세이돈'을 선물해 줬기 때문에 이젠 걸어 다니지 않아도 된다.

그동안 차를 사지 않았던 건 돈이 없어서가 아니라, 학생 신분으로 차를 몰고 다니기 거북했기 때문이었다.

물론 그건 자신만의 생각이다.

현재 활동하는 스타들 중에 걸어 다니는 사람이 누가 있겠나.

하지만 이병웅은 '포세이돈'을 꺼내지 않은 채 거리를 나섰다.

말끔하게 양복으로 갈아입은 그의 모습이 거리에 나타나자 모든 사람들이 달려드는 통에 걷기가 어려울 정도였다.

정신없이 터지는 카메라 소리.

그리고 자신을 부르는 사람들의 함성이 고막을 찔렀으나, 이병웅은 만면에 웃음을 지은 채 지하철역으로 들어갔다.

그가 가는 곳마다 사람들로 인산인해를 이루었다.

잠시 틈이 날 때마다 이병웅은 그런 사람들에게 사인을 해 줬고 같이 사진을 찍어 줬다.

자하철을 탔을 때도 마찬가지였고 지하철을 내려 복도를 따라 역 밖으로 나올 때까지 사람들은 그를 제대로 걸어가지 못하게 만들었다.

본격적으로 기자들이 따라붙기 시작한 것은 그가 구로역에서 내려 택시를 타고 구로구민회관으로 향할 때부터였다.

* * *

정민경은 아침부터 가슴이 콩닥거리는 통에 정신이 하나도 없었다.

밥을 먹는 둥 마는 둥 하고 정신없이 구로구민회관으로 향했다.

아무에게도 말하지 못한 비밀을 혼자 간직한다는 것은 정말 고통스러운 일이었다.

합동 결혼식을 주관하는 소망의 집 원장님과 집행부까지 말할 수 없었던 건 그가 끝까지 비밀을 지켜 달라는 부탁을 했기 때문이었다.

결혼식장에 일찍 나간 정민경은 식에 필요한 준비를 하면서 초조하게 시계를 바라봤다.

정말 올까?

자신을 놀리느라 그런 말을 한 건 아닐까?

별별 생각이 다 들어 가끔 가다 정신이 멍해졌다.

"너 왜 그래?"

"응, 아무것도 아냐."

"아니긴 뭐가 아냐. 거기 주단 삐뚤어졌잖아."

"어, 그러네."

신랑, 신부가 입장하는 빨간 주단이 친구의 말대로 선이 맞지 않았다.

둘이 부지런히 선을 맞춘 후 밖으로 나오자 예쁜 화환이 들어오는 게 보였다.

들어온 화환은 두 개.

구로구청장과 지역 국회의원이 보내 온 화환들이었다.

그럼에도 다행이다.

이나마 없었다면 이 결혼식이 얼마나 초라했을까.

"그런데, 민경아. 축가는 누가 부른다는 거야?"

"친구가……."

"S대에도 노래 잘하는 사람이 있어?"

유선정이 방긋 웃었다.

자신이 질문해 놓고도 이상하다는 생각이 들었던 모양이다.

그녀는 고등학교만 나와 소망의 집에서 일하고 있었는데, 월급이 채 100만 원도 되지 않았다.

그럼에도 항상 밝았고 정민경과 친하게 지냈다.

시간은 점점 흘러 3시가 가까워지면서 사람들이 하나둘 들어오기 시작했다.

오늘 결혼하는 사람들의 친척들과 소망의 집에서 봉사 활동을 하는 사람들이었다.

전부 합해서 겨우 30여 명.

식장을 채우기엔 터무니없이 적은 인원이었고 차림새도 빈약했다.

그럼에도 그들은 식장 앞에 서 있는 신랑들을 향해 반갑게 인사를 했고, 신부 대기실에도 들러 축하를 했다.

진심에서 우러난 축하였다.

아무도 관심을 갖지 않았던 그들의 새로운 삶이 오늘을 시작으로 더욱 행복해지기를 진심으로 하객들은 바라고 있었다.

이윽고 식이 시작되자 정민경의 몸이 바들바들 떨리기 시작했다.

온다는 사람은 아직 보이지 않고 대신 주례를 맡은 목사님의 졸린 목소리만 하염없이 흐르고 있었다.

시간이 지날수록 자신이 구청 직원에게 간신히 졸라 준비해 놓은 마이크와 앰프, 그리고 녹음기가 점점 크게 보이기 시작했다.

가슴은 새까맣게 타들어 갔고 전화조차 하지 못하는 자신이 바보처럼 여겨졌다.

결국 참지 못하고 밖으로 나와 전화기를 꺼내 들었다.

만약 오지 못한다는 말을 한다면 그녀가 알고 있던 모든 욕을 퍼부을 생각이었다.

'띠리링… 띠리링.'

계속 신호가 갔지만 전화를 받지 않았다.

하염없이 들고 기다렸다.

전화 받아, 받으라고!

당신이 그랬잖아. 사회적 약자인 그들에게 힘과 성원을 보내주고 싶다고 당신이 스스로 먼저 약속을 했잖아!

받지 않는 전화기를 귀에 대고 기다리면서 방울방울 흘러내리는 눈물을 닦았다.

저 사람들에게 기쁨을 주고 싶었어.

새롭게 출발하는 저 사람들은 당신이 나타나 축하를 해 주면 기적처럼 힘을 내고 잘 살아갈 거라 믿었어.

그런데, 당신. 왜 나타나지 않는 거야!

끝내 전화를 끊고 바닥에 주저앉았다.

오겠다는 그의 말을 들었을 때 얼마나 놀랍고 행복했던가.

벌써, 소망의 집에 봉사 활동을 한 지 3년이 넘었다.

시간이 날 때마다 장애인들을 돌보며 살아왔던 시간들을 한번도 후회한 적이 없다.

그들은 누군가의 도움이 필요했고, 자신으로 인해 그들이 행복한 모습을 보면서 언제나 충만된 기쁨을 느꼈다.

그런데, 막상 이런 일이 벌어지자 너무나 슬펐다.

자신에 대한 실망감보다, 지금 초라한 하객 속에서 새로운 출발을 하는 장애인 부부들의 놀라고 행복해하는 모습을 볼 수 없다는 게 너무나 슬펐다.

그때, 계단을 통해 수많은 사람들이 올라오는 게 보였다.

셀 수도 없는 인파의 행렬.

그 중앙에서 백마 탄 왕자처럼 다가오는 남자는 그녀가 그토록 오기를 간절하게 바라던 바로 그 사람이었다.

"많이 기다렸니. 조금 늦었지?"

"흐흑……."

이병웅이 다가와 부드럽게 말을 하자 정민경이 참고 참았던 눈물을 터뜨렸다.

뒤를 따라 온 기자들은 이게 무슨 상황인지 알지도 못하면서 정민경이 눈물을 흘리자 미친놈들처럼 카메라 셔터를 눌러 댔다.

구로구청으로 따라온 사람들은 기자가 반이었고 나머지는 팬들이었는데, 그들은 이병웅이 가는 데로 어미닭을 좇아가는 병아리 떼처럼 졸졸 따라왔다.

"미안해, 전철 타고 오느라 늦었어."

"내가 얼마나 속이 새까맣게 탄 줄 알아요? 난 안 오는 줄 알았단 말이에요!"

"왜 안 와. 내가 먼저 온다고 약속했는데."

"식이 전부 끝나가고 있어요. 휴우, 다행이에요……. 정말 다행이에요. 오빠, 여기서 잠깐만 기다려 줘요. 식이 얼마나 진행되었는지 보고 올게요."

"응."

정민경이 닫혀 있는 식장을 열고 사라지는 걸 보며 이병웅이 주변을 둘러봤다.

화려함과 거리가 먼 구청회관.

들어오면서 본 구청회관은 썰렁했고, 문 옆을 지키고 있는 화환 두 개가 주인을 잃은 강아지처럼 슬픈 눈으로 서 있을 뿐이었다.

사람들이 웅성거리기 시작했다.

그들은 목적지에서 벌어진 상황을 확인한 후 이병웅이 결혼식에 참석하러 왔다는 사실을 뒤늦게 알고 웅성거리기 시작했다.

문 앞에 걸려 있는 플래카드는 장애인들의 합동 결혼식을 알려 주고 있었다.

얼마 지나지 않아 정민경이 상기된 얼굴로 나와 이병웅을 복도 끝에 있는 문으로 데려 갔다.

기자들은 카메라를 멈추지 않았다.

이병웅의 행동 하나하나를 화면에 담기 위해 그들은 정신없이 셔터를 눌러 댔다.

*　　　*　　　*

식을 진행하던 사회자는 주례사가 이어지는 동안 불안한 눈으로 문 쪽을 바라보았다.

문밖에서 들려오는 사람들의 웅성거림은 한두 사람의 것이 아니었기 때문이었다.

아니, 그 정도가 아니다.

들려오는 소음은 최소한 백 명 이상이 문밖에 있다는 것을 알려 주었다.

불안감을 느낀 건 3쌍의 신랑, 신부도 마찬가지였고, 30여 명의 하객들도 마찬가지였다.

하지만 그들은 움직이지 않았다.

엄숙한 결혼식이 진행되고 있었기에 자리를 떠 바깥의 상황을 확인할 수 없었기 때문이었다.

정민경이 급히 다가와 소매를 잡자 사회를 보고 있던 김봉영은 급히 사회자석을 벗어났다.

그렇지 않아도 궁금해 죽을 판이었기에 문밖에서 들어 온 정민경의 출현이 너무나 반가웠다.

"민경아, 무슨 일이니. 왜 문밖이 저렇게 시끄러워?"

"오늘 축가 부를 사람이 왔어요."

"네 친구?"

"맞아요. 그 친구를 따라 너무 많은 사람들이 와서 잠시 소란이 일어났어요."

"네 친구가 왔는데 왜 사람들이 따라 와?"

"그 친구가… 이병웅 씨거든요."

"무슨 소리니. 뭔 장난을 그렇게 심하게 쳐!"

"진짜예요. 지금 저 문밖에서 이병웅 씨가 축가를 부르기 위해 기다리고 있어요."

"민경아… 그 말 진짜야?"

김봉영이 말을 제대로 못하고 눈을 부릅떴다.

그녀의 말을 믿을 수밖에 없는 일들이 그의 눈에 들어왔기 때문이었다.

조용하게 열리는 문.

그리고 그 문을 통해 들어오는 수많은 사람들이 보였다.

그중 상당수는 카메라를 들고 있었는데, 한눈에 봐도 기자들이 분명했다.

"오빠, 이제 주례사가 거의 끝나가네요. 부모님께 인사가 끝나면 축가 차례죠?"

"응… 으응."

"그럼 제가 가서 이병웅 씨를 저 문밖에서 기다리게 할게요. 그리고 이거… 오빠가 소개 잘해 주세요."

"어이구, 이게 웬 날벼락이야."

정민경이 급히 문 쪽으로 걸어가는 걸 본 김봉경의 얼굴이 사색으로 변했다.

이병웅이 누구란 말인가.

대한민국 최고의 스타가 장애인들의 결혼을 위해 찾아올 줄 누가 알았겠나.

아직 눈으로 확인하지 못했지만, 만약 정말이라면 이 결혼식은 그 어떤 결혼식보다 축복받은 결혼식이 될 것이다.

벌써 식장은 사람들로 인해 바글거리고 있었는데, 유명한 연예인의 결혼식을 연상시킬 정도였다.

그러다가, 다시 사회석으로 가 정민경이 전해 준 쪽지를 읽던 그의 눈이 찢어질 것처럼 커졌다.

그녀가 전해 준 쪽지에 적혀 있는 내용은 두 눈으로 보고도 믿지 못할 것이었다.

*　　　*　　　*

"정 기자, 재가 장애인 결혼식엔 왜 온 걸까?"

"그걸 내가 어떻게 알아. 친척이 있는 거겠지, 뭐."

"친척 결혼식에 오는 것치곤 너무 늦었잖아. 아까 그 아가씨가 눈물까지 흘리는 게 뭔가 다른 일이 있는 것 같아."

"저 문밖에서 기다리는 거 보면 들어갈 기세지?"

"그러네. 아이고, 저 새끼들 좀 작작하지. 뭔 놈의 지랄을 저렇게 떨어대!"

경성일본의 정우영이 이병웅의 주변에 잔뜩 몰려 연신 카메라를 찍어대는 기자들을 보며 한심하다는 듯 혀를 찼다.

자신도 기자였지만, 해도 너무한다는 생각이 들었다.

"아직 경력이 부족해서 그래. 뭐가 중요한지 모르는 놈들이니까 저런 짓을 하는 거라고."

"기자도 짬밥순이지. 재들 열심히 찍는 동안 우린 들어가서 좋은 자리 차지하자."

"오케이."

이게 기자밥을 오래 먹다 보면 생기는 감이다.

이병웅이 문밖에서 대기하고 있다는 것은 식장에서 중요한 행사에 참여하기 위함이라는 판단.

그렇다면 당연히 최대한 앞자리를 차지해서 좋은 그림을 만들어야 한다.

하지만 그들이 급히 걸음을 옮겨 식장으로 들어갔을 때, 좋은 자리는 전부 다른 기자들이 차지하고 있는 중이었다.

기자 짬밥은 그들만 충분히 먹은 게 아니었던 모양이었다.

* * *

신랑, 신부가 불편한 몸을 이끌고 부모님들께 인사를 하는 장면은 너무나 애절해서 저절로 숙연한 분위기를 만들었다.

몸이 불편하다는 건 죄가 아니다.

그럼에도 부모들은 인사를 하는 신랑, 신부를 바라보며 펑펑 눈물을 쏟아 냈다.

양가 부모석에 앉은 사람들은 전부 셋.

늙어 하얗게 새어 버린 머리, 아들딸의 결혼식임에도 제대로 예복조차 못 차려입은 그들의 모습에서 가난이 물씬 풍겨 나왔다.

잘 못 낳아 줘서 미안해.

그들의 눈에 담겨 있는 건 스스로의 죄책감과 가난함으로 인해 자식들을 올바르게 키우지 못했다는 미안함뿐이었다.

사회자의 입이 열린 건 신랑, 신부가 부모석에 인사를 마치고 제자리로 돌아갔을 때였다.

"신랑, 신부께서 지금까지 키워 준 부모님께 정중히 인사를 드렸습니다. 비록 몸이 불편해서 절을 하진 못했지만 마음만은 그 이상으로 고마워했을 거라 생각합니다. 자, 그럼 다음 순서는 축가가 이어지겠습니다."

사회자의 입에서 축가란 말이 나오자 눈치 빠른 기자들의 입에서 신음이 새어 나오기 시작했다.

그들은 축가란 단어에서 이병웅을 연상했는데, 당장 문 쪽을 확인하며 자신들의 추측이 맞는지 확인하고 싶어 미칠 것 같은 표정들이었다.

"여러분, 저희 소망의 집은 세 쌍의 합동 결혼식을 주관하며 수많은 난관에 봉착해 있었습니다. 장애인이란 신분이 자랑스러운 건 아니라 해도 사회는, 그리고 사람들은 이들의 결혼식에 관심과 사랑을 베풀어 주지 않았습니다. 하지만 오늘, 여기에 이들을 축복하기 위해 달려 온 분이 있습니다. 이 분은 자신의 사재를 털어 새롭게 출발하는 신랑, 신부가 보금자리를 마련할 수 있도록 거액을 기탁하셨습니다. 그럼 소개시켜 드리겠습니다. 대한민국 최고의 스타 이병웅 씨입니다."

사회자의 소개가 끝나자 바깥의 상황이 어떤 건지 몰랐던 하객들과 신랑, 신부들이 얼떨떨한 표정을 지었다.

기자들이 들어오고 수많은 사람들이 자리를 채우는 걸 보며 무슨 일이 생겼다고 판단은 했지만 이병웅이란 이름이 사회자를 통해 나오자 하객들은 도저히 믿지 못하겠다는 표정을 지었다.

그때 거짓말처럼 문이 열리며 진짜 이병웅이 활짝 웃음을 지으며 나타나는 게 보였다.

"악, 정말 이병웅이야. 이병웅!"

"어머 어머, 이게 무슨 일이야. 이병웅이 정말 왔어. 정말 왔다고!"

*　　　*　　　*

이병웅은 문을 열고 들어와 놀라는 신랑, 신부에게 정중히 인사를 하고 마이크를 잡았다.

그런 후 천천히 몸을 돌려 아직도 놀람을 감추지 못하는 하객들과 기자들, 그리고 자신을 따라온 팬들을 향해 천천히 입을 열었다.

"안녕하세요, 이병웅입니다. 오늘 제가 이 자리에 온 것은 새롭게 출발하는 신랑, 신부님의 앞날을 축복해 주기 위해서 입니다. 공식적인 자리가 아님에도 이곳을 찾아 주신 기자님들과 팬들께서도 저분들의 앞날을 축복해 주시기 바랍니다. 그럼 축가를 부르도록 하겠습니다."

이병웅이 신호를 보내자 정민경이 잔뜩 긴장한 자세로 미리 반주가 준비된 녹음기를 틀었다.

그가 선택한 곡은 '사랑은' 이었다.

새롭게 출발하는 부부에게 주는 축복이 가득한 곡.

'사랑은 언제나 오래 참고, 사랑은 언제나 온유하며, 사랑은 시기하지 않으며, 자랑도 교만도 않으며…….'

폭발적인 가창력을 선보이는 자리가 아니었기에 이병웅은 부드러운 목소리로 신랑, 신부가 가사처럼 행복하고 서로를 사랑하며 살아가기를 바랐다.

그리고 앞선 사회자의 말대로 이병웅은 장애인 부부에게 각자 전세 자금을 마련할 수 있도록 1억씩, 총 3억을 기부했다.

비상한 머리를 지녔기에 세상을 바라보는 눈이 남들보다 뛰어나다.

더군다나 '밀애'의 비밀스러운 힘을 가진 자신은 어떤 것도 가능하게 만들 수 있는 능력을 지녔다.

처음에 정민경의 말을 들었을 때 비상한 머리는 또 한 번의 기회가 왔다는 것을 직감하게 만들었다.

그랬기에 공공연히 사람들이 볼 수 있도록 전철을 타고 이곳까지 왔다.

기자가 따라붙은 건 당연히 예측한 일이었으니 자신은 이 일로 또 한 번 사회에 커다란 신드롬을 만들어낼 것이다.

철저하게 계산된 행동.

비인간적이라 생각하지 않았다.

사람은 살아가면서 기회를 놓치지 않을 때 더 많은 이익과 존경을 얻어낼 수 있기 때문이다.

하지만 감동의 눈으로 자신을 바라보는 장애인 부부들과 눈이 마주친 후, 그리고 아직도 눈물을 멈추지 못하고 있는 그들의 초라한 부모들을 본 순간 가슴이 쿵 하고 무너져 내렸다.

사회적 약자들.

자신 역시 저들처럼 장애인이나 다름없는 외모를 지닌 채 고통스러운 삶을 살아온 경험이 있었다.

그 긴 시간 동안 자살에 대한 충동을 수시로 느꼈고, 부모님의 고통을 보면서 울기를 밥 먹듯 했지 않은가.

그래서 진심을 다해 노래를 불렀다.

그들이 정말 행복하게 살기를 바라며.

축가를 부르는 동안 카메라의 플래시는 끊임없이 터졌고, 사람들은 진심을 다해 노래 부르는 이병웅의 모습을 보면서 노래를 따라 불렀다.

그리고 축가를 끝낸 후 장애인 부부에게 다가가 일일이 손을 잡아주는 이병웅을 모습을 보면서 뜨거운 박수를 보내주었다.

그들의 눈에 비친 이병웅의 모습은 과연 어떤 것이었을까.

그것은 아마도, 톱스타란 지위를 내려놓고 사회적 약자를 위해 헌신하는 한 인간의 진솔한 모습이었을 것이다.

*　　　*　　　*

그날 저녁.

대한민국은 또 한 번 이병웅으로 인해 난리가 났다.

불현듯 장애인 합동 결혼식에 나타나 축가를 부른 그의 행동은 9시 뉴스에까지 방송될 정도로 화제를 불러 일으켰다.

요샌 인터넷 실검 1위는 거의 이병웅이 독차지하고 있었는데, 이번에도 여지없이 모든 포털 사이트의 실검 1위는 그의 몫이었다.

"우와, 이병웅. 정말 재 끝내주네. 정말 장애인 결혼식에 일부러 참석한 거야?"

"그렇다잖아. 장애인 부부들 사정이 어렵다는 걸 알고 무려 3억이나 기탁했대. 보금자리 마련하라고 준 거란다."

"헉, 3억. 이씨, 그 돈이면 평생을… 아이고, 정말 대단하네."

"난 그동안 이병웅을 기분 나쁘게 봤는데, 갈수록 맘에 들어. 너무 잘생겨서 처음 봤을 땐 졸라 맘에 안 들었는데 갈수록 멋있어진단 말이지."

"당연하지. 연예인 중에서 저렇게 하는 놈이 누가 있냐. 돈 벌어서 전부 지 주머니에 넣기 바쁜 놈들투성이잖아. 인기 좀 있으면 선글라스 딱 쓰고 공항에 나타나기나 하지, 어떤 놈이 장애인 결혼식에 축가를 부르러 가. 아무리 봐도 잰 난놈이야. 자존심을 위해 복싱 시합을 할 때부터 알아봤어. 저런 놈은 돈 많이 벌어도 된다. 안 그래?"

"그럼, 그럼. 우리 사회에는 저런 놈이 필요해. 남을 도울 줄 아는데 뭐가 문제겠어. 난 앞으로 재가 광고한 제품 무조건 사 줄 거다."

이병웅의 인기는 그야말로 폭발 그 자체였다.

처음 텔레비전에 출연한 후, 주로 여자들에게 인기를 얻었을 때 남자들의 반응은 부정적인 면이 많았었다.

엄친아.

이병웅의 모든 것은 엄친아와 비슷했기 때문이었다.

얼굴 잘생겼지, 공부 잘해서 S대 다니지, 노래 잘하고 기타 잘 치지.

남자들의 반응이 부정적인 건 어쩌면 당연한 것이었다.

얼마나 재수 없었겠나.

자신은 하나도 가지지 않은 것들은 한꺼번에 지닌 이병웅은 남자들에겐 세상에서 가장 나쁜 놈이나 다름없었다.

그러나 그런 반응들은 '정의가 간다'에서 의협심을 발휘하는 모습에 이어 한국 챔피언과의 복싱 시합을 통해 확연히 희석되더니, 이번 장애인 결혼 축가를 부르는 모습을 본 후부터는 완벽하게 바뀌었다.

제22장
음반

이병웅에 관한 모든 것들이 화제가 되어 언론에 보도가 되었다.

장애인들의 결혼식에 달랑 화환만 보냈던 구청장과 국회의원의 행동, 그리고 사회의 무관심이 집중 조명 되며 사회적 약자에 대한 사회의 관심을 끌어올렸다.

일부 언론에서 이병웅의 행동이 계산된 것 아니냐는 의문을 제기했으나, 국민들의 집중적인 비난에 시달리며 보도 내용을 삭제하는 경우도 발생했다.

사람들은 말했다.

계산되었다 해도 그게 뭐가 잘못이냐.

설혹 그가 의도적으로 장애인의 결혼식에 참석했다 하더라도, 그 자체로 충분히 칭찬받고 사랑받아 마땅하다는 게 사람들의 생각이었다.

돈이 많은 재벌, 유명한 스포츠 스타, 인기 많은 연예인들 중 그 누가 이병웅처럼 행동한 적 있단 말인가.

그는 단순히 결혼식에 참석한 게 아니라 3억이란 거액을 선뜻 기부한 것도 화제가 되었다.

누가 돈이 아깝지 않을까.

3억이란 돈은 일반인이 평생 모아도 힘들 만큼 커다란 금액이었으니, 결코 이병웅이라 해도 쉽게 결정할 수 있는 일이 아니다.

* * *

미국의 상황은 점점 악화되고 있었다.

파산하는 국민들이 점점 많아졌고, 그 여파로 금융기관들이 흔들거리면서 증권시장은 연일 폭락을 연출했다.

"병웅 씨, 아무래도 AIG가 위험한 것 같아. WSJ에서는 아직 괜찮다고 하는데 현실이 보도와 다르다는 정보가 계속 들어오고 있어."

"이제 본격적으로 시작되는 것 같네."

"AIG가 진짜 무너지면 엄청난 충격이 올 거야."

"AIG만 그런 게 아냐. 베어스텐스, 메릴린치, 골드만삭스 등 미국의 주요 은행들은 CDO에서 절대 자유롭지 못해. 그들은

CDO가 문제 생기면 보상해 준다는 약속을 계약서에 담았거든."

"그게 정말이라면 세계는 망해. 지금 병웅 씨가 말한 은행들은 미국에서 가장 거대한 은행들이야. 금융이 붕괴될 수도 있어."

정설아가 두렵다는 표정으로 이병웅을 바라보았다.

최신 정보를 계속 받아보고 있었지만, 아직까지 이병웅이 말한 은행들이 위험하다는 정보를 받지 못했다.

그럼에도 이병웅은 확신에 가까운 결론을 내리고 있었다.

"누나 말대로 그런 상황이 오면 전세계가 휘청이게 돼. 전세계의 금융은 거미줄처럼 연동되어 있으니까 미국에서 시작된 금융 위기는 전 세계의 금융 위기로 확대될 수밖에 없어."

"휴우… 우리나라는 괜찮을까, 아직까지는 괜찮은 것 같은데?"

"절대 괜찮을 리 없지. 지금은 파동이 아직 시작되지 않아서 조용하지만 바다 넘어에서 불어오는 태풍은 곧 우리나라도 집어삼킬 거야."

"IMF 때처럼?"

"응. 아니 어쩌면 그때보다 훨씬 무서운 일이 벌어질지도 몰라."

이병웅의 말에 정설아의 얼굴이 더욱 굳어졌다.

IMF가 한국에 얼마나 커다란 상처를 남겼는지 너무나 잘 알고 있었기 때문이었다.

그 당시 사업을 하던 그녀의 아버지는 결국 회사를 부도 낸 후 일 년이 넘도록 집에 들어오지 못했다.

모든 것이 사라졌고, 오직 남은 건 슬픔뿐이었다.

"우리 정부는… 최 교수님한테 들은 거 없어?"

"지금 정부에서는 특수팀을 구성해서 일본과 미국 쪽에 통화 스와프를 요청하기 위해 노력 중이라고 들었어. 그건 최소한의 보험이야. 만약 그 보험을 들지 못한다면 우리나라는 외환 위기가 먼저 들이닥칠 거야. 그런 후 금융 전체가 망가지겠지. 그래서 어떻게 하든 통화 스와프를 확보해야 돼."

"가능할까? 미국과 일본은 IMF 때도 통화 스와프를 해 주지 않았잖아."

"쉽진 않을 거야. 미국이나 일본은 늑대들이야. 한국이 망하는 건 그들에게 엄청난 기회가 생기는 거니까 오히려 망하기를 기도할 수 있어. IMF 때 그들은 외환 위기에 직면한 우리나라를 철저하게 유린했지. 지금 우리나라에 있는 은행들 중 상당수가 외국 자본에 흡수되었어. 기업들도 마찬가지고. 그 때문에 우리나라가 당한 피해는 카운터도 되지 않을 정도야."

"미국과 일본이 통화 스와프를 해 주지 않으면 그럼 이번에도 IMF에 요청해야 돼?"

"그렇게라도 해야지. 하지만 가급적 그것만은 피하고 싶네. 그렇게 될 경우 그 새끼들은 또다시 우리나라를 박살 내며 양털깎기를 할거야. 구조 조정, 그 끔찍했던 단어가 다시 언론을 장식하겠지. 수많은 사람들이 눈물 흘리고 수많은 가장들이 스스로 목숨을 끊는 불행한 사태가 벌어질 거야. IMF 때 한 달 동안 3,000명이 자살했던 것처럼."

"무서워, 그런 소리 하지 마."

"역사는 반복된다는 말. 그 말을 절대 우린 잊으면 안 돼. 그러기 위해서는 죽어라 노력해야 되고. 그런데 아직도 우리 정부는 정신을 못 차리고 있는 것 같아. 최 교수님이 주장해서 통화 스와프 특별팀을 만들었지만, 지금까지 아무것도 하지 않았다잖아. 아무래도 그 사람들은 지금이 얼마나 커다란 위기 상황인지 인식하지 못하는 게 분명해."

"그럴 리가… 정부에도 똑똑한 사람들 천진데 설마 그렇겠어?"

정설아가 믿기지 않는다는 표정을 지었다.

그녀의 말대로 정부 고위 관료들은 행정고시를 패스한 브레인들이 대부분이고, 기재부에는 경제의 전문가들이 득실대고 있었다.

하지만 이병웅은 그녀의 말을 들은 후 쓴웃음을 지었다.

"정부는 정치의 한 단면이고, 정치의 본질은 국민을 속이는 거야. 그들은 지금도 계속 똑같은 말을 반복하지. 한국 경제의 펀더멘털은 탄탄하고 경제 성장은 지속되기 때문에 아무런 문제가 없다고 매번 떠들어 대. 두고 봐, 미국에서 본격적인 문제가 생겨도 그들은 똑같은 말을 반복할 테니까."

"정말 걱정이네……. 병웅 씨, 인버스의 수익률이 벌써 35%를 넘었어. 이제 조금씩 회수하는 게 어때?"

"왜?"

"병웅 씨 말대로 금융 전체가 문제 생기면 인버스라고 괜찮겠어? 만약 시장에 디폴트가 일어난다면 우린 한 푼도 회수 못할 수 있어."

"하하… 거기까지 생각하다니 누난 정말 대단해. 하지만 아직은 괜찮아. 최대한 뜯어먹어야지. 미국이 어디까지 무너지는지 두 눈으로 똑똑히 확인하면서 난 최대한의 수익을 올릴거야."

"하루하루, 정보에 목을 매달아야겠네. 점점 악화되면, 미국 정부의 해결책이 충분치 않다면 그땐 병웅 씨한테 말하지 않고 무조건 인버스를 정리할 거야. 알았어?"

"쩝, 누나가 그렇게 하고 싶다면 해야지. 난 누나의 판단을 믿으니까."

"착하네. 휴우… 이젠 안심이다. 우리 특별한 국민 영웅님. 오늘 저녁 같이하실래요?"

"그러자, 내가 맛있는 김치찌개집 알아 놨어."

이병웅이 입맛을 다시며 말하자 정설아의 표정이 확 변했다.

오랜만에 데이트를 신청했는데 웬 김치찌개!

"이씨, 이렇게 비오는 날엔 분위기 좀 잡아 줘. 병웅 씨, 날 너무 직원으로만 생각하는 거 아냐?"

"그럴 리가 있나요. 누나처럼 아름다운 분을 그렇게 생각하면 천벌 받죠. 그래, 어디로 가고 싶으세요?"

"헤에… 나 스파게티 사 줘."

"겨우?"

"분위기 좋고 으슥한 전문점을 내가 발견했거든. 우리 거기 가서 저녁 먹자."

"바보, 호텔 레스토랑 가도 돼."

"싫어. 호텔 가면 또 내일 아침 대문짝만하게 사진 찍혀서 나오잖아. 난 병웅 씨한테 피해 주고 싶지 않아."

"피해는 무슨… 난 그런 거 신경 안 써."

그녀의 걱정이 뭔 줄 너무나 잘 안다.

그렇기에 더욱 더 전혀 신경 쓰지 않는다며 큰소리를 쳤다.

결국 오늘 저녁은 스파게티 전문점에서 식사를 할 테지만, 그녀의 마음에 상처를 주고 싶지 않았다.

여자는 아무리 사실이 그렇다 해도 남자의 따뜻한 말 한마디에 가슴에 담아 놓은 멍울을 삭혀 버리는 존재다.

*　　　*　　　*

무차별적으로 쏟아져 들어오는 광고 제의, 그리고 방송사의 출연 쇄도 요청.

어떡하든 이병웅을 출연시키기 위한 광고계와 방송사의 노력은 눈물겨울 정도였다.

친척을 동원하는 건 기본이었고, 이병웅과 관계된 모든 사람들이 그들의 로비 상대였다.

그럼에도 이병웅은 김윤호가 내민 방송 스케줄을 전부 거절했다.

아직, 노래가 나오지 않은 상태에서 기껏 연예 프로그램에 나가 토크나 하는 짓은 그와 어울리지 않는다고 생각했기 때문이었다.

하지만 광고는 계속 촬영을 했다.

지금 상태에서 사람들에게 자신의 모습을 보이는 방법은 광고가 가장 효율적이었다.

더불어 수입 쪽에서도 가장 좋다.

물론 그 정도 돈에 연연하지 않아도 될 만큼 투자를 통해 엄청난 돈을 벌어들이고 있지만, 아무것도 하지 않은 채 놀 필요는 없었다.

재밌었다.

광고를 찍는 것도 재미있었고, 자신이 나온 화면을 보는 것도 즐거웠다.

나는, 내가 좋아하지 않는 건 하지 않는다.

그러나 즐거울 수만 있다면 어떤 것도 할 용의가 있는 사람이다.

* * *

정두영의 소식이 들려온 것은 시합이 끝나고 한 달 반쯤 지난 후였다.

이병웅에 관한 뉴스는 거의 톱급으로 취급되었기에, 그와 상대한 정두영이 동양 타이틀전을 포기하고 행방불명되었다는 소식은 순식간에 전국으로 퍼져 나갔다.

어떤 사람에겐 영광이 어떤 사람에게는 치명적인 독이 될 수 있다는 사실.

이병웅은 자존심을 위해 싸운 것이 정두영에게는 생명을 앗아가는 결과를 만들었다.

미처 이런 경우는 생각해 보지 않았기에 저절로 미간이 깊게 모아졌다.

시범 경기에서 졌다고 복싱을 포기해?

그게 그 정도로 치명적인 일이었단 말인가.

처음엔 쉽게 받아들일 수 없었으나 시간이 지날수록 점점 그의 심정이 이해되기 시작했다.

그렇구나.

그에겐 복싱이 전부였으니 충분히 그럴 수도 있겠어.

* * *

바다가 보이는 목포 외곽의 해변.

1월의 날씨는 너무 차가워서 걷기가 힘들 정도였다.

그럼에도 이병웅은 천천히 걸어 차가 들어가지 못하는 논두렁을 지나 멀리 보이는 집을 향해 걸어갔다.

그 집은 마을과 떨어져 홀로 서 있었는데, 강아지 한 마리가 다가오는 이병웅을 확인한 후 사납게 짖어댔다.

"콜록, 콜록. 밖에 누구여?"

문틈을 뚫고 들려온 할머니의 목소리.

감기에 걸렸는지 할머니의 목소리엔 가래가 잔뜩 섞여 있었다.

"정두영 씨를 찾아왔습니다."

"우리 손자는 왜 찾아왔수?"

슬그머니 문이 열리며 할머니의 모습이 나타났다.

삶의 풍상이 고스란히 담겨 있는 얼굴.

얼굴 전체를 차지한 주름이 그녀의 나이를 추측하기 어렵게 만들었다.

"일 때문에 왔어요. 할머니, 두영이 어디 갔어요?"

"저기 마을에 기름 사러 갔어. 어여 들어와, 추워. 추워……."

누군 줄 알고 함부로 들어오게 하는 걸까.

만약 이곳이 서울이었다면 말도 안 되는 일이었으나, 할머니는 성치 않은 팔을 흔들어 이병웅을 집 안으로 들어오게 만들었다.

할머니와 마주 앉아 도란도란 많은 이야기를 했다.

정두영의 부모가 그를 팽개치고 사라진 건 겨우 5살 때의 일이었다.

그때부터 할머니는 홀로 정두영을 키우며 이날까지 살아오고 있었다.

하지만 이젠 몸이 불편해서 제대로 움직이지 못해 산송장처럼 하루 종일 집에만 있다며 할머니는 빨리 죽기를 기다린다고 말했다.

할머니는 이병웅이 누군지도 몰랐다.

방 한군데 덜렁 놓여 있는 텔레비전은 도시에서는 절대 볼 수 없을 정도로 구형이었는데, 제대로 나올까 의심스러웠다.

더군다나, 할머니는 눈이 어두워 가까이 있는 이병웅의 얼굴을 보기 위해 애를 쓰고 있었다.

"할매, 누구 왔어요?"

밖에서 들려오는 목소리.

그리고 곧 인기척이 들리며 얼마 전 주먹을 부딪쳤던 정두영의 얼굴이 문 안으로 들어왔다.

정두영은 이병웅을 확인한 순간 귀신을 본 것처럼 한동안 움직이지 못했다.

"당신이… 여길 어떻게……."

"들어와. 밖에 추워."

정두영의 나이는 25살. 그에 비해 2살이 어리다.

원래 나이가 어리다고 함부로 말을 놓는 스타일은 아니었으나, 이병웅은 정두영의 얼굴이 보이자 대뜸 손짓을 했다.

그 기세에 정두영이 주춤거리며 다가 와 이병웅의 앞에 앉았다.

"여긴 참 풍경이 좋아. 날씨가 좋아지면 정말 아름다울 것 같아."

"왜 왔습니까?"

"널 데려가려고."

"난 복싱 그만두었습니다."

"나한테 져서 그만둔 거냐?"

"흐으……."

이병웅이 빤히 쳐다보며 묻자 정두영의 입에서 신음 소리가 흘러 나왔다.

당연히, 가장 큰 이유다.

하지만 그의 입에서 나온 말은 다른 것이었다.

"복싱, 이제 지겨워. 사실 그동안 복싱을 하면서 많은 회의감을 느꼈어요. 한국 챔피언, 그럼 뭐 해. 기껏 대전료 5백만 원 받아서 입에 풀칠하기도 어려웠는데. 그리고 당신이 본 것처럼 이제 더 이상 할머니를 방치할 수 없어서 내려온 거니까, 그냥 돌아가요. 쪽팔리게 동정하는 시선으로 보지 말고."

"복싱 하라고 데려가는 거 아니다."

"그럼 뭡니까?"

"너, 내가 뭐 하는 사람인지 알지? 인기를 얻다 보니 날 케어해 줄 매니저가 필요하다. 경호도 겸해서. 그러니까 네가 내 매니저를 해. 대우는 특급으로 해 줄게. 할머니는 요양 시설에서 편하게 지내실 수 있도록 조치할 테니까 걱정하지 말고."

*　*　*

이병웅은 정두영을 데리고 서울로 올라와 '창공'의 김윤호 사장을 만났다.

올라올 때 이병웅은 정두영에게 운전을 시켰다.

정두영은 어려서부터 안 해 본 게 없었기 때문에 운전에는 도가 터 있었다.

불쑥 들어가자 김윤호는 어이없다는 표정을 지었는데, 이번에는 전화조차 주지 않았기 때문이다.

"야, 무슨 특급 스타가 이렇게 막 돌아댕겨. 너, 어제는 어디 갔었어?"

"목포에요."

"목포는 왜?"

"이 친구 데리러 갔다 왔습니다. 두영아, 인사해라. 김윤호 사장님이야."

"안녕하십니까, 정두영입니다."

"정두영, 정두… 헉, 한국 챔피언 그 정두영!"

뒤늦게 정두영의 얼굴을 확인한 김윤호가 몸을 앞으로 바짝 내밀면서 두 눈을 부릅떴다.

어디서 본 얼굴이란 생각을 했지만, 막상 정두영이 눈앞에 나타나자 꽤 놀란 눈치였다.

"사장님, 오늘부터 제 매니저는 이 친구가 맡기로 했습니다."

"누구 맘대로. 지금까지 복싱을 하던 친구가 뭘 안다고 매니저를 해. 넌 창공의 간판스타라고 몇번이나 말해!"

"전 이 친구가 마음에 듭니다. 그러니 이 친구로 해 주세요."

"으……."

이병웅이 묘한 웃음을 지으며 말하자 김윤호가 긴 한숨을 흘렸다.

그 웃음에 담겨 있는 의미.

연예계에 수십 년간 몸을 담근 채 는 것은 오직 눈치와 칼 같은 판단력뿐이다.

만약 안 된다고 한다면 이병웅이 어떻게 나올지 뻔했다.

더군다나 '창공'의 이미지에도 엄청난 플러스 요인이다.

이병웅으로 인해 복싱을 그만 둔 놈을 거두었다면 언론에서는 또다시 대서특필을 하면서 회사의 이미지를 상승시켜 줄 것이다.

책임질 줄 아는 회사 '창공'.

얼마나 듣기 좋아.

그렇기에 그는 잠깐 고민하는 척하다가 고개를 끄덕였다.

"자네 생각이 정 그렇다면 할 수 없지. 좋아, 그렇게 해."

"월급은 500만 원. 숙소는 별도로 마련해 주세요."

"그게 무슨… 그 정도 월급은 특급들이나 받는다고. 이 친구는 생초짜라 500만 원은 너무 많아. 숙소를 마련해 달라는 것도 안 돼. 뜬금없이 숙소를 달라는 건 또 뭐야. 우리 회사 소속 매니저들 중에 숙소를 마련해 준 적은 한 번도 없어."

"사장님, 제가 계약금 안 받은 거 벌써 잊으셨어요?"

"남자가 한 입으로 다른 이야기 하면 안 되지. 그건 네가 먼저 제안한 거잖아."

"그래서요?"

“아이고, 목소리 깔리는 것 좀 봐. 그거 협박성 멘트니?”

“사장님, 제가 ‘창공’에 소속되면서 꽤 많은 돈을 벌어 준 걸로 아는데 그 정도는 쓰셔도 되잖아요. ‘창공’ 간판이 오랜만에 부탁하는데 이렇게 나오시면 곤란하죠.”

김윤호가 입맛을 다셨다.

이병웅의 눈을 보니 거절을 한다면 그 뒷말을 감당하기 어려울 것 같았다.

매니저 월급이나 숙소 같은 건 사실 문제도 아니다.

그럼에도 튕겨 본 건 그도 얻을 게 있기 때문이다.

“아따, 알았다. 알았어. 하지만 확실히 할 게 있다.”

“뭡니까?”

“앤, 그럼 지금부터 ‘창공’ 소속이야. 맞지?”

“그렇죠.”

“지금부터 네 행동 하나하나를 내가 애를 통해 감시할 거야. 저번처럼 또는 어제처럼 사라지는 건 더 이상 허락하지 않는단 뜻이고. 너, 제발 나 속 좀 썩히지 마라. 어디 갈 땐 어디 간다고 문자라도 넣어 주면 어디가 덧나?”

“하하… 앞으로는 알려 드릴게요.”

이병웅이 활짝 웃었음에도 김윤호가 못 믿겠다는 듯 정두영에게 시선을 돌렸다.

그는 이제 ‘창공’ 소속이었으니 그에게 자신은 왕이나 다름없다.

“정두영!”

"예, 사장님."

"넌 이제부터 무조건 병웅이 따라다녀. 그리고 매일 무슨 일이 있으면 보고해. 알았어?"

"형님이 그렇게 허락하시면 하겠습니다."

"뭐야?"

"전 형님을 따라 올라왔을 뿐입니다. 따라서, 형님이 원하지 않는 일을 하지 않겠습니다."

"지랄한다."

김윤호의 표정이 일그러졌다.

하는 짓을 보니 이병웅이나, 이놈이나 그 나물에 그 밥인 것 같았다.

그럼에도 괘씸하기 짝이 없어 불쾌한 표정이 얼굴에 그대로 드러났다.

그때 이병웅이 나서며 어색한 분위기를 해소시켰다.

"사장님, 얘한테 매일 보고하라고 시키겠습니다. 그러면 됐죠?"

"쳇, 엎드려서 절 받기네."

"곡은 어떻게 되어 가고 있습니까?"

"세 명한테서 들어왔어. 나머지 둘은 마무리 작업 중이고. 먼저 완성된 것부터 만져보는 게 좋은 것 같은데, 네 생각은 어때?"

"기타 편곡도 되었나요?"

"그것도 지금 거의 마무리 중이야."

"좋습니다. 그럼 다음 주부터 본격적으로 들어가죠."

이병웅이 결론을 내리자 정두영의 태도에 슬쩍 심기가 상했던 김윤호의 얼굴이 활짝 펴졌다.

본격적인 시작이다.

이병웅이 활약은 연습을 끝낸 후 음반을 발매하는 순간부터 진짜다.

음반 판매는 물론이고 콘서트가 열리기 시작한다면 지금까지 광고로 벌어들인 돈은 푼돈에 불과할 테니 그의 표정이 밝아지는 건 당연한 일이었다.

* * *

이병웅은 스튜디오로 매일 오후 나가 곡을 연습했다.

그의 음반에 실릴 곡들은 국내 최고의 작곡가로 꼽히는 김정웅은 물론이고 히트곡 제조기들이 전부 참여했는데, '창공'에서는 곡을 만드는 데만 50억을 투자할 정도로 열의를 보였다.

작곡가들이 만든 곡들은 5명의 음악 평론가를 통해 철저히 검증했고, 음악성과 대중성, 그리고 흥행성 면에서 가장 뛰어난 곡들만 선정했다.

물론, 선투자다.

어떤 회사도 공짜로 투자하는 경우는 없으니 이병웅이 활동하면서 돈을 벌어들이면, 투자금부터 회수될 것이다.

그럼에도 이런 경우는 없다.

한국을 주무른다는 특급 가수들도 기획사에서 이렇게 거대한 금액을 베팅하는 경우는 전무했다.

이병웅이기 때문에 가능한 일이다.

이병웅이 아니었다면 어떤 기획사가 이런 미친 짓을 하겠는가.

*　　　*　　　*

이병웅의 감정이 노래를 연습하면 연습할수록 곡에 녹아들기 시작했다.

정말 좋다.

국내 최고의 작곡가들이 만들어 낸 곡들 중에서 엄선해 고른 곡들이라 그런지 곡 하나하나마다 특별한 리듬과 감정들이 담겨 있었다.

특히, 김정웅의 '헤어진 후'와 절묘한 형제들이 만든 '연인들의 시'는 발라드의 끝판왕이었다.

사랑하는 여인을 잃은 남자의 슬픔이 절절히 담겨 있는 두 곡은 연습을 하는 동안 눈물이 쏟아질 만큼 아름다운 곡들이었다.

록 발라드도 좋았고, 특히 록으로 만들어진 곡들은 이병웅의 가창력을 극대화시킨 파워풀한 노래들이었다.

'창공'은 철저히 분야별로 곡들을 안배했다.

발라드가 3곡, 록 발라드가 2곡, 록이 2곡이었는데 이병웅의 가창력에 어울리는 엄선된 곡들이었다.

아직 2곡이 더 남았으나 워낙 최고들이 만들고 있으니 저절로 기대감이 들었다.

*　　　*　　　*

2개월의 연습 끝에 곡이 녹음될 때 정설아와 홍철욱, 문현수는 직접 스튜디오에 찾아왔다.

이병웅이 음반을 내기 위해 노래 연습을 한다는 소릴 들었지만, 실제 스튜디오까지 온 건 이번이 처음이다.

더군다나, 오늘은 실제로 음반을 녹음하는 날이라 이병웅이 초대했는데 화려한 스튜디오에 들어와 귀를 완벽하게 막는 헤드셋까지 쓰자 긴장감이 저절로 올라왔다.

이윽고 이병웅이 유리로 가로막힌 무대에 서는 걸 보며 홍철욱이 침을 꼴깍 삼켰다.

누구보다 이병웅의 노래 실력을 잘 안다.

그럼에도 음반까지 제작할 줄은 꿈에도 생각하지 못한 일이었다.

무대에 선 이병웅의 앞에는 악보와 호빵만 한 마이크가 자리했다.

그리고 손에 든 기타 하나.

오직 반주를 기타만 가지고 한다더니 정말 그럴 생각인 것 같았다.

헐!

이게 무슨 일일까.

이병웅의 기타 실력이 환상적이란 건 너무나 잘 알고 있으나, 음반을 가수가 직접 기타 하나만 가지고 녹음한다는 건 처음 듣는다.

그럼에도 그들은 이병웅이 막상 기타에 손을 올려놓는 순간부터 초긴장 상태로 돌입했다.

국내 최고의 작곡가들이 참여했다는 그의 노래들.

정말 기대하고 기대했던 곡들이 드디어 이병웅을 통해 세상에 처음 나오는 영광을 누린다는 생각에 그들 모두는 침조차 제대로 삼키지 못하는 긴장감을 느꼈다.

띠리링… 딩, 딩… 띠리링.

낮은 저음에서 시작된 현 음이 천천히 그들의 귀를 사로잡았다.

인트로.

핑거 스타일로 한 음, 한 음 느리게 시작된 기타의 음률이 심금을 울리며 그들의 눈을 저절로 감기게 만들었다.

음률에 담겨 있는 슬픔이 고스란히 전해졌고, 노래가 시작되었을 때 그들의 눈을 다시 뜨게 만들었다.

기타와 조화되면서 흘러나온 그의 노래.

모든 것이 좋았고, 모든 것이 완벽했다.

이병웅이 전해 주는 감정의 물결이 그들의 가슴에 다가왔을 때 정설아의 눈에서는 이슬 같은 눈물이 방울방울 떨어지고 있었다.

사랑은 언제나 인간이 가지고 있는 가장 훌륭한 감정이자 고통이다.

그렇기에 모든 가수들이 사랑을 노래하고 수많은 사람들이 그들의 노래를 들으며 자신을 동화시키는 것이다.

이병웅은 가만히 앉아 기타를 쳤지만 화려함 대신 절제된 음률 하나하나로 듣는 사람의 감정을 자극했다.

거기에 얹힌 그의 목소리.

친구로서, 또는 연인으로서 느낀 감정이 아니다.

그의 노래는 감동 그 자체로 가슴을 후벼 파는 절절함이 담겨 있었으니 노래가 끝나고도 한참 동안 그들은 움직일 수 없었다.

이병웅의 음반 녹음은 보름에 걸쳐 이루어졌다.

발라드 곡들은 단독 기타 반주로 이루어졌고, 록 발라드와 록 곡들은 국내에서 가장 실력이 짱짱하다는 '하우스 밴드'가 맡았다.

곡이 녹음되는 동안 '창공'은 언론에 철저한 비밀로 함구하며 그의 음반이 완성되기를 기다렸다.

언론은 난리였다.

아무리 비밀에 부쳤어도 슬금슬금 새어 나간 정보가 이병웅의 음반이 거의 완성 직전이란 사실을 알려 줬기 때문이었다.

*　　　*　　　*

TBS 라디오 '이정연의 음악캠프'는 무려 10년이나 이어온 장수 프로그램이었다.

이정연이 홀로 진행해 왔는데, 밤 10시부터 시작해서 11시까지 한 시간 동안 진행된다.

이 프로그램이 인기가 있는 이유는 이정연의 다정다감한 말투와 음악에 대한 감성, 분석력, 시청자들의 사연을 철저하게 검증하고 가려 뽑는 스태프들의 노력이 적절히 어우러졌기 때문이었다.

따라서, TBS측은 담당 PD를 한 번도 교체하지 않았다.

인기 프로그램의 PD를 교체할 이유도 없었고, 담당 PD인 이춘혁 또한 '음악캠프'에 대한 애정이 깊었다.

라디오 방송이 시작되면 스튜디오에 온 사인이 들어오기 때문에 스태프들을 제외하고는 출입이 금지된다.

라디오는 텔레비전과 다르게, 생방송이 대부분이고 한 치의 실수도 용납할 수 없기 때문에 이 룰은 철저하게 지켜지는 편이었다.

이춘혁에게 전화가 온 것은 프로그램 진행이 중반을 넘어설 무렵이었다.

핸드폰을 꺼낸 후 액정에 뜬 화면을 확인한 이춘혁의 얼굴이 굳어졌다.

액정에는 학교 선배이자 현재 대한민국 기획사 중 원 톱을

달리는 '창공'의 김윤호란 이름이 찍혀 있었다.

"아이고, 선배님 어쩐 일이십니까?"

"잠깐 나올 수 있어?"

"지금 방송 중입니다."

"알아, 지금 너네 스튜디오 밖에 있다. 그러니까 잠깐 나와봐."

아니 김윤호 같은 거물이 여길 왜 와?

그런 의문이 불쑥 들었으나 이춘혁은 황송하다는 표정을 짓고 금방 나가겠다는 대답을 했다.

스튜디오까지 찾아올 정도면 뭔가 일이 생겼다는 뜻이다.

문을 열고 나가자 멋들어진 외투를 입은 김윤호가 손짓으로 그를 불렀다.

"선배님이 여기까지 오시고, 방송국에 볼일이 있으셨나요?"

"내가 라디오 방송국에 무슨 볼일이 있겠어."

"그럼 어쩐 일로 오셨어요. 설마, 절 보러 오신 건 아니죠?"

"하하… 맞아. 너한테 선물 하나 주려고 왔다. 그동안 너한테 도움만 받고 한 번도 신세를 갚지 못했잖아. 그래서 선물 하나 주려고."

김윤호가 웃는 얼굴로 자신의 안주머니에서 뭔가를 꺼내 앞으로 내밀었다.

작고 네모난 물건.

척 봐도 물건의 정체는 USB(이동식 저장 장치)가 분명했다.

"이게 뭡니까?"

"이병웅의 신곡이 거기에 담겨 있어. 너한테 처음 주는 거니까 방송에 틀어라."

"정말… 입니까!"

"미안하지만 한 곡밖에 들어 있지 않다. 정식 발매는 이틀 후거든. 너한테 특별히 주는 거니까 잘 써먹어. 그럼 난 간다."

김윤호가 돌아서며 손을 흔든 후 거침없이 걸어 나갔다.

그 모습을 바라보는 이춘혁의 손이 벌벌 떨렸다.

작은 선물?

이병웅의 신곡을 처음 틀 수 있는 영광을 자신에게 주었는데, 이게 작은 선물이라고!

정신을 차렸다.

그런 후 멀찍이 걸어가는 김윤호의 등에 대고 구십 도로 허리를 접었다.

"선배님, 감사합니다. 이 은혜 잊지 않겠습니다!"

이춘혁이 급히 뛰어 들어오자 방송을 하고 있던 스태프들이 놀란 눈을 만들었다.

그의 얼굴은 잔뜩 붉어져 있었는데, 뭔가 큰일이 터진 것 같았다.

"왜 그러세요, PD님?"

"이거, 이거 틀어 봐."

"이게 뭔데요?"

"이병웅 신곡. 빨리 띄어 봐. 들어 보게."

"정말이에요?"

오디오를 맡고 있는 정수정이 믿기지 않은 듯 이춘혁을 쳐다봤다.

그러면서 손은 부지런히 움직여 USB를 컴퓨터 본체에 연결시켰다.

"아직 이병웅 씨, 음반 발표되지 않았잖아요?"

"하나님이 보우하사 천사를 나한테 보내주셨어. 거기 헤드셋!"

이춘혁이 손을 내밀자 급하게 정수정이 책상에 놓여 있던 헤드셋을 넘겨주었다.

바로 헤드셋을 쓴 이춘혁은 파일을 작동시킨 후 한참 방송중인 이정연을 바라봤다.

그녀는 사연을 읽고 있느라 밖의 상황을 아직 감지하지 못한 상태였다.

*　　　*　　　*

음악이 나가는 동안 작가들은 이춘혁의 지시에 따라 미친듯이 펜을 움직였다.

김윤호가 거짓말하지 않았을 거란 믿음이 있었지만, 직접 자신의 두 귀로 이병웅의 노래를 감상한 이춘혁이 두 주먹을 불끈 쥐며 이정연의 멘트를 작가들에게 얼른 만들라고 지시를 내렸던 것이다.

"뭐예요?"

"이병웅 신곡, '헤어진 후.'"

"에이, 거짓말. 요샌 왜 뜸하네 했어. 이 PD님, 야식 먹고 싶어서 그래요?"

"정연아, 진짜다. 이 노래가 끝나면 우리 프로그램이 최초로 이병웅 노래를 소개할 거야. 여기 멘트 있으니까 잘해라."

"이 아저씨 봐. 정말인가 보네."

뒤늦게 이정연의 표정이 굳어졌다.

그녀 역시 지금의 상황이 얼마나 중요한지 새삼스레 느꼈기 때문이었다.

이춘혁이 급히 밖으로 빠져나가는 걸 보면서 그녀의 눈이 멘트로 향했다.

멘트를 읽다 보니 자신의 가슴이 조금씩 흥분으로 인해 가빠지는 게 느껴졌다.

이병웅.

단 1년 만에 대한민국 최고의 스타로 떠오른 신성.

누군가는 그의 인기가 일회성에 불과하다고 폄훼하는 사람도 있었으나, 그녀가 봤을 때 이병웅의 인기는 결코 일회성이 아니었다.

이병웅이 지니고 있는 외모, 특히 사람의 영혼까지 끌어당기는 눈을 볼 때마다 나이가 42살이나 된 자신도 가슴이 설렌다.

더군다나, 음악 전문가의 입장에서 들어 본 그의 노래는 감정의 전달력이 정말 대단했고, 기교 또한 탁월하다는 판단이 들었다.

그러나 무엇보다 사람들, 특히 여자들이 그를 좋아하는 것은 남자로서의 매력이 그의 온몸에서 물씬 풍겨 나오기 때문이었다.

이정연은 노래가 끝나는 순간 창밖을 바라보았다.

창밖에선 이춘혁과 스태프들이 침을 꼴깍 삼키며 이쪽을 지켜보고 있었다.

"애청자 여러분, 오늘은 저희가 특별한 곡을 준비했습니다. 사실, 미리 준비한 건 아니었는데, 이 특별한 노래가 불현듯 나타난 천사의 선물처럼 저희 프로그램에 다가왔네요. 제가 처음으로 이분의 노래를 여러분께 들려드릴 수 있는 영광을 얻었다는 게 너무나 자랑스럽고 고맙습니다. 누구의 노래이기에 서두가 이렇게 긴지 궁금하시죠? 소개드리겠습니다. 우리나라 모든 여성들의 연인, 그의 행동 하나하나 모두가 사랑스러운 사람. 바로 이병웅 씨입니다. 그럼 지금부터 이병웅 씨의 신곡 '헤어진 후'를 감상하겠습니다."

* * *

권숙현은 오늘 우연히 모교 캠퍼스에서 3년 전 헤어졌던 남자 친구를 만났다.

고등학교 3학년 때 만나 무려 5년이나 사귀었던 사람.

처음 그를 만났을 때 모든 것이 좋았다.

잘생긴 외모, 부드러운 목소리, 자상한 행동.

그의 모든 것이 운명이라고 생각했던 사람이었다.

5년이란 기간 동안 원 없이 사랑했고, 서로를 아끼며 평생 동안 같이 살아가는 꿈을 꿨다.

하지만 그는 어느 날 갑자기 군대로 떠났고, 시간이 지나면서 점점 소식이 뜸해졌다.

아무리 편지를 해도 답장이 오지 않았다.

세 번이나 면회를 갔지만, 결국 그를 만나지 못했다.

갈 때마다 그는 훈련을 갔거나 아파서 사단 의무대에 있다는 핑계를 대며 그녀를 만나 주지 않았다.

그러던 어느 날 그에게 날아온 편지 한 장.

'미안해, 난 더 이상 널 만나지 못할 것 같아. 더 좋은 사람 만나서 행복하길 바랄게.'

소식이 끊기고 만나지 못하면서 시간이 지날수록 다가왔던 불안감이 현실로 나타났을 때 그녀는 밤이 새도록 원 없이 울었다.

그토록 사랑했던 사람이었기에 그의 이별 통보가 믿기지 않아 너무나 괴로웠다.

무슨 이유가 있었는지 알지 못한 채 그녀의 사랑은 그렇게 끝났다.

오랜 세월이 지나 만난 그 사람.

비록 몸은 야위었으나 그녀를 바라보던 그 자상했던 시선은 하나도 변하지 않았다.

물어보고 싶었다.

오랫동안 마음속에 간직하고 있던 멍울진 상처, 그리고 의문.

왜, 이별을 선택했는지 그에게 묻고 싶었다.

하지만 그는 뭔가를 두려워하는 사람처럼 서둘러 도망을 가 버렸다.

제대로 인사조차 하지 않은 채.

침대에 멍하니 누워 그 사람을 생각하고 있을 때 틀어 놓은 라디오에서 이상한 멘트가 흘러 나오는 게 들렸다.

그녀가 늦은 밤에 흘러나오는 '음악캠프'를 좋아하는 건 이정연이 틀어 주는 노래들이 그녀의 감성 코드와 맞았기 때문이었다.

이병웅?

이정연의 멘트에 상념을 잠깐 멈추고 귀를 기울였다.

일 년 내내 대한민국은 이병웅의 신드롬 속에서 살았다.

정말 정신없이 휘몰아친 인기의 폭풍.

수많은 연예인들이 있었지만, 그는 행동마다 특별함을 보여주며 대중들의 가슴으로 들어온 남자다.

이윽고 시작된 기타의 인트로.

그것만으로도 충분히 애잔했고 아름다워 저절로 눈이 감겼다.

시작되는 노래. 그리고 노래 속에 담겨 있는 절절한 남자의 슬픔.

가사의 내용은 불치병을 앓는 남자가 목숨보다 사랑했던 여자를 남겨 놓고 머나먼 여행을 떠난다는 것이었다.

그리고 마지막 순간 눈물을 흘리며 그 여자를 그리워하다 서서히 숨을 거둔다.

권숙현은 이병웅의 노래를 눈 감은 채 듣다가 후반부의 절정 부분에서 기어코 이슬처럼 눈물을 흘리고 말았다.

차마, 뭐라 설명할 수 없는 감동의 물결이 밀려와 그녀를 사로잡았다.

그리고 떠오른 영상 하나.

점점 더 진해지는 그의 얼굴.

혹시…….

그는 노래의 주인공처럼 나에게 차마 말할 수 없었던 사정이 있었던 걸 아닐까.

왜 바보처럼 묻지 못했나.

돌아서서 도망가듯 뛰어가는 그 사람을 달려가 붙잡았어야 했어.

그토록 사랑했는데… 왜 날 떠났는지 물어봐야 했잖아.

넌 바보다.

아직도 그를 잊지 못하면서 그 이유를 묻지 않았던 너의 자존심이 얼마나 한심해.

늦지 않았어.

그러니까 물어봐야 해.

만약 노래의 가사처럼 어디가 아파서 널 위해 떠난 거라면, 넌 아마 평생을 후회와 슬픔 속에서 살아가게 될 거야.

*　　　*　　　*

'이정연의 음악캠프'에서 이병웅의 신곡이 처음으로 방송을 탄 후 전국이 다시 들썩이기 시작했다.

아직 정식 음반 판매가 시작되지 않았음에도 음원제공 사이트에는 수많은 문의가 빗발쳤고 라디오 프로그램마다 '헤어진 후'를 신청하는 사람들의 사연과 전화가 물밀 듯 밀려들었다.

하지만 라디오 측에서는 아직 공식 음반을 받지 못했기 때문에 전해 줄 수 없다는 말만 거듭할 뿐이었다.

*　　　*　　　*

드디어 본격적인 음원 판매가 시작되는 날.

음원 사이트 '바나나'의 프로그램이 다운되는 상황이 발생되었다.

폭주하는 사람들로 인해 시스템이 부하가 걸리며 아예 작동을 멈추었던 것이다.

'바나나'의 사장 정경석은 메인 서버 근처를 서성이며 안절부절못했다.

지금까지 사이트를 운영하면서 이런 경우는 처음이었기 때문이었다.

이건 단순한 시스템 다운이 문제가 아니라, 돈과 직접적으로 관련되었으니 그의 속이 타는 건 당연한 일이었다.

"도대체, 이게 말이 돼. 동시 접속자가 1만 명이 넘어도 끄덕 없던 시스템이 한 방에 맛이 갔다고?"

"넘었으니까요."

"야, 뭔 개소리야. 어떻게 동시 접속자수가 만 명이 넘어!"

"어제 회의 때 유 대리가 잠깐 얘기한 거 들으셨잖아요. 이병웅의 음반이 발매되면 서버가 다운될지 모른다며 미리 대비해야 된다고 했는데 사장님이……."

그랬다. 그런 적이 있었지.

하지만 씨발, 말이 되는 소리여야지.

음원 다운받는 사이트에 동시 접속자 수가 만 명이 넘는 경우가 세상에 어디 있냐고!

"얼마나 걸려?"

"최소 6시간은 걸려야 복구가 됩니다. 단순 복구고요. 서버 확장까지 감안한다면 최소 3일은 걸려야 해요."

"지랄한다."

"어쩔까요. 제가 봐도 이건 이병웅 때문에 벌어진 일인 것 같은데, 그냥 버틸까요?"

"당연하지. 평소에는 텅텅 비었는데 돈 들여 서버 증설까지 할 필요가 없잖아. 일시적인 일에 뭐 하러 목숨을 걸어."

"그럼 서버 증설은 없던 일로 하겠습니다."

"그나저나 다운 전까지 도대체 얼마나 올라간 거야?"

"1만 7천 건에서 멈췄습니다. 그런데 사장님… 그게 불과 30분 만에 벌어진 일입니다."

"지금 장난 치냐?"

"정말입니다. 우린 오늘 이병웅 음반 올리고 30분 만에 시스템이 다운된 거라고요."

*　　　*　　　*

'한밤의 연예' 진행자는 영화배우로 명성을 떨치고 있는 김기성과 미녀 가수 이효정이었다.

전문 MC 대신 그들이 진행을 맡은 이유는, 연예국장이 프로그램의 특성을 살리기 위해서 연예인을 쓰는 게 좋겠다고 주장했기 때문이었다.

처음에는 많은 반대에 부딪쳤으나 그 선택이 시청자들에게 좋은 반응을 얻으면서 타 방송사의 연예 소식 관련 프로그램도 이젠 전부 따라 하는 실정이었다.

벌써, 프로그램 녹화를 시작한 지 2시간 가까이 지났고, 이젠 마지막 코너가 남았으나 김기성과 이효정은 긴장의 끈을 놓지 못했다.

마지막 소식이 이병웅에 관한 것이었고 이번 회차에서 가장 중요했으니 어쩌면 당연한 일이었다.

멘트를 먼저 꺼낸 건 이효정이었다.

그녀는 살짝 긴장된 표정으로 자신의 순서를 기다리고 있던 서연아를 향해 미소를 지으며 입을 열었다.

"서연아 씨, 마지막 순서인데 오늘 중요한 소식을 가져왔죠?"

"그렇습니다. 바로 이병웅 씨의 신곡에 관한 것인데요. 며칠 전 기습적으로 라디오 프로그램에서 노래가 흘러나오며 수많은 화제를 뿌렸습니다. 제가 취재한 바로는 '창공'의 김윤호 사장이 직접 스튜디오로 와서 파일을 넘겨주었다고 하네요."

"이유가 있었을 텐데요?"

"라디오 프로그램 PD와 오랜 인연이 있었던 것 같아요. 어쨌든 그 사건으로 이병웅 씨의 신곡은 훨씬 더 커다란 관심을 받게 되었어요."

"그때부터 2일 동안 전혀 노래를 들을 수 없었기 때문이죠. 혹시 '창공' 쪽에서 관심을 끌려고 이벤트를 한 건 아닌가요?"

"특별히 그럴 이유는 없었던 것 같아요. 어차피 2일 후 음원이 발표되었고, 이병웅 씨의 신곡 '헤어진 후'는 단박에 각종 음원 차트 1위에 올라섰으니까요."

"하여간 폭발적인 반응입니다. 그런데 저희가 알기로는 '창공' 쪽에서 이번 음원 작업 때 7곡을 만든 것으로 아는데 왜 발표된 건 한 곡뿐이죠?"

"아직 나머지 곡들은 완성이 안 됐다고 하는데 제가 봤을 땐 전략인 것 같아요. 저도 7곡이 동시에 녹음되었다고 들었거든요. 아마, '창공' 쪽은 뮤직비디오가 완성된 후 차례대로 발표할 것 같습니다.”

“그렇다면 ‘헤어진 후’는 뮤직비디오가 완성된 건가요?”

“예, 맞아요. 오늘 저희 프로그램에서 그 첫 번째 뮤직비디오를 세상에 선보이게 됩니다.”

“우와, 정말인가요?”

이효정이 일부러 목소리를 크게 내며 놀란 표정을 지었다.

그 옆에서 김기성이 양념을 쳤고 출연자들마저 두 눈을 동그랗게 뜨고 기대하는 표정을 지었다.

짜고 치는 각본이 맞다.

그들은 전부 오늘 이병웅의 뮤직비디오가 공개된다는 사실을 알고 있었다.

그럼에도 기대에 찬 표정을 숨기지 못한 것은 아직 뮤직비디오를 보지 못했기 때문이었다.

“호호, 제가 왜 거짓말을 하겠어요.”

“정말 궁금해요. 어땠나요?”

“미리 이런 말씀을 드리면 조금 그렇지만 정말 아름다워서 눈을 뗄 수 없었어요. 그리고 저는 너무 슬퍼서 눈물을 흘렸어요. 스토리의 애절함을 견딜 수 없었거든요.”

“그 정도예요?”

“일단 보시는 게 좋을 것 같아요. 이병웅 씨의 ‘헤어진 후’ 뮤직비디오입니다.”

꿀꺽.

이효정은 자신도 모르게 침을 삼키며 화면을 바라봤다.

그녀가 이 프로그램에서 이병웅에 관한 특집으로 진행한 게 벌써 10번이 넘었지만, 이런 긴장은 처음이었다.

하늘에서 뚝 떨어진 것처럼 나타난 신성.

그리고 너무나 매력적인 눈을 가진 남자.

어떤 여자가 가슴이 설레지 않았을까.

꿈속에서 그와 사랑에 빠지는 꿈을 한 번이라도 꾸지 않았다면 대한민국 여자가 아닐 것이다.

이윽고 화면이 시작되며 초췌한 모습으로 나타난 이병웅이 바닷가에 앉아 기타를 치는 장면으로 뮤직비디오는 시작되었다.

단 몇 개의 음만으로도 가슴이 철렁 내려 앉을 만큼 애잔하고 슬픈 음률.

그리고 시작되는 노래.

화면을 가득 채운 연인들의 모습.

사랑하고 아끼며 서로를 배려하는 연인의 모습들이 화면을 통해 잔잔하게 펼쳐졌다.

그런 후 각혈하는 이병웅의 고통스러운 얼굴이 클로즈업으로 잡혔고, 병원으로 실려 가는 장면이 이어졌다.

쓸쓸한 방에서 홀로 고뇌하는 주인공.

끝없이 걸려오는 연인의 전화를 받지 않은 채 창밖을 바라보던 이병웅이 떨어지는 낙엽을 멍하니 바라보다 한 줄기 눈물을 주르륵 흘린다.

책상에 앉아 떨리는 손으로 편지를 써 내리는 장면.

모든 것과의 이별.

그를 찾아 헤매는 여주인공의 슬픔과 고통이 펼쳐진 후 바닷가 백사장을 비틀거리며 고통스러운 얼굴로 힘들게 걸어가는 이병웅의 모습이 클로즈업되었다.

마지막 엔딩.

노래를 마치며 선홍빛 피를 흘리는 주인공.

바닥에 쓰러져 더 이상 일어나지 못하는 주인공의 얼굴. 그리고 시린 바람을 맞으며 흘러내리는 한줄기 눈물과 음성.

'유하야, 더 사랑하고 싶었는데 그러지 못해서 미안해. 안녕, 내 사랑.'

뮤직비디오가 끝났다.

그러나 그 누구도 쉽게 말을 꺼내지 못했다.

이효정과 여자 출연자들은 눈물을 쏟느라 얼굴을 들지 못했고 남자 출연자들 역시 목이 메었는지 멘트를 꺼내지 않았다.

그건 방청객 쪽도 마찬가지였다.

눈물바다.

여기저기서 훌쩍이는 장면이 목격되었고, 그중 반은 고개를 들지 못한 채 서러운 눈물을 흘려 냈다.

그 누가 사랑을 해보지 않았겠나.

이병웅의 뮤직비디오는 사람들의 그런 감정을 끝까지 자극해서 결국 눈물을 흘리게 만들었는데, 마치 한 편의 슬픈 영화를 연상시켰다.

아니, 오히려 영화보다 훨씬 강렬한 임팩트가 있었다.

뮤직비디오는 온갖 특수 촬영 기법이 전부 동원되어 아름다운 영상미를 뽑아내었고, 그것이 이병웅의 죽음과 어울리며 사람들의 감동을 증폭시켰다.

*　　　*　　　*

"오빠 불쌍해서 어떡해… 하으응……."

"막 피 토하고. 얼마나 아프고 쓸쓸했을까. 저기 내가 있었다면 무조건 안아 줬을 텐데."

"도대체, 그 여자는 어디서 뭘 한 거야. 오빠가 저렇게 죽어가는데, 찾지도 않고!"

"여자가 바보라서 그래. 죽도록 사랑한 남자가 불쑥 편지 한 장 남겨 놓고 떠났으면, 눈치를 챘어야 되는 거 아냐?"

"맞어, 맞아. 씨……."

두 자매가 눈물을 철철 흘리며 울고불고 하는 장면을 보면서 한심한 표정을 짓고 있던 서영환이 기어코 입을 열었다.

애지중지 키워 놓은 딸들이 이병웅 때문에 눈물을 펑펑 쏟고 있는 장면을 보고 있자니 한심해서 견딜 수가 없었다.

"이것들아, 니들 나이가 몇인데 저걸 보고 우는 거니? 곧 시집 가야 하는 놈들이 뮤직비디오 보면서 운다는 게 말이 돼?"

"아빠는 슬프지 않았어?"

"안 슬퍼, 기껏해 봐야 뮤직비디오인데 왜 슬퍼?"

"하아, 아빤 냉혈한이야."

"우리 아빠가 감성적으로 차가운 부분이 있지."

"아빠가 차갑다고? 얘들이 지금 무슨 소릴 하는 거야. 내가 니들을 얼마나 따뜻하게 키웠는데 그런 소릴 해!"

"아빠… 지금 우린 아빠랑 그런 걸로 실랑이할 새가 없어. 아직 감정의 여운이 남아서 조금 더 울어야 되거든. 그러니까 말 시키지 마."

둘째 딸이 고개를 홱 돌리며 텔레비전 쪽으로 시선을 주었다.

그러자, 큰 딸도 뒤질 새라 아빠와의 대화를 재깍 중단하고 화면에 시선을 고정시켰다.

화면 안쪽 동네도 마찬가지다.

뮤직비디오가 끝난 후 대부분의 여자들이 훌쩍이고 있었는데, 딸들과 비슷한 상태였다.

어이구, 뮤직비디오 몇 번 더 틀었다가는 전국을 초상집으로 만들 판이다.

서영환이 고개를 훼훼 저었다.

이병웅이 여자들한테 인기가 짱이라는 건 안다.

하지만 뮤직비디오 하나로 이런 반응을 이끌어 내다니 정말 대단하단 생각이 들었다.

물론 뮤직비디오 내용은 자신의 가슴도 먹먹하게 만들 만큼 슬픈 내용이 담겨 있었다.

그래도 그렇지. 여자들의 반응이 너무 과하단 생각이 들었다.

저것보다 훨씬 슬픈 영화를 꼽으라 해도 금방 열 개 이상 말할 수 있고, 보기도 했다.

하지만 이런 반응은 본 적이 없었다.

결국, 이런 현상을 만들어 낸 건 뮤직비디오의 주인공인 이병웅으로 인한 것이란 판단이 들었다.

그놈의 눈빛.

남자인 자신이 봐도 너무 애잔해서 가슴이 덜컹 떨어지는데, 여자들은 오죽 하겠나.

*　　　*　　　*

이병웅이 발표한 '헤어진 후'는 사회적으로 대단한 파장을 불러일으켰다.

모든 언론의 집중.

발매 한 지 불과 3일 만에 모든 음원 차트를 석권했고, 방송사 프로그램조차 1위를 싹쓸이했다.

가수의 꿈은 자신의 곡이 방송국 인기 차트 프로그램에서 1위 수상을 하는 것이다.

왜 아닐까.

가수가 되어 누구나 부를 수 있는 노래를 간직한다는 건 가수들에게 더 없는 영광이었고, 꿈이었다.

가끔 보지 않았나.

방송국에서 주는 1위 수상 트로피를 받으며 우는 가수들의 모습을.

그들에겐 꿈의 실현이었으니 당연히 기쁨에 젖은 감동의 눈물을 흘릴 수밖에 없었을 것이다.

그러나 이병웅은 모든 방송국의 가요 프로그램에 한 번도 모습을 드러내지 않았다.

이미, 오래 전 대학교를 졸업했으니 학교를 다닌다는 핑계가 사라졌음에도 그는 방송국에 한 번도 출연하지 않았다.

*　　　*　　　*

"시청자, 여러분. 안타깝게도 이병웅 씨는 개인적인 사정으로 직접 수상을 하지 못하게 되었습니다. 그럼 '주간가요 차트'. 금주의 1위 곡 '헤어진 후'를 뮤직비디오로 감상하시며 오늘 순서를 모두 마치겠습니다. 감사합니다."

생방송이 끝나는 장면을 본 JBC 연예국장 조성민의 얼굴이 일그러졌다.

벌써 3주째.

성질 같아서는 놈의 곡을 내리고 다른 것으로 대체하고 싶었지만, 그랬다가는 바로 순위 조작이니 뭐니 하면서 비난을 면치 못할 것이다.

그럼에도 이런 장면을 볼 때마다 복장이 터졌다.

"저 새끼, 도대체 왜 안 나오는 거야!"

"그게… 몸이 아프다고……."

"정 PD, 넌 그게 말이 된다고 생각해. 정말 그 이유 때문에 안 나온다고 생각하냐고!"

"죄송합니다."

"아, 이런 신발 끈 같은 새끼를 봤나. 텔레비전에 안 나올 거면 뭐 하러 가수를 하는 거야. 씨발 놈, 방송이 물로 보여?"

"다시 한번 '창공' 측과 컨택해 보겠습니다. 아무래도 저 곡은 한참 더 갈 것 같은데 무슨 수를 쓰더라도 해결책을 마련해 봐야죠."

"김윤호한테 확실하게 전해. 다음 주에도 저 새끼 안 나오면 '창공' 소속 연예인들 전부 방송 출연 금지시킨다. 내 말 토씨 하나 빼먹지 말고 그대로 전해. 알겠어?"

"예……."

국장이 화를 감추지 못하고 자리를 떠나자 '주간가요 차트' 담당 PD 정순호가 한숨을 길게 흘려 냈다.

국장은 한다면 하는 사람이지만, 방금 한 말은 절대 이뤄질 수 없는 협박이었다.

'창공' 소속 연예인들은 전부 톱급이라, 오히려 방송국에서 쩔쩔매며 섭외를 해야 하는 놈들투성이었고, 현재 진행 중인 드라마에서 거의 대부분 주인공 역을 맡고 있었다.

그런 사람들을 어떻게 빼.

국장이 아니라 사장이라도 그건 불가능한 일이었다.

그럼에도 국장의 분노를 이해하지 못하는 건 아니었다.

방청객으로 참여한 팬들은 이병웅이 나오지 않았을 때마다 커다란 실망을 느끼며 방송국을 비난했다.

정말 성질 같으며 웃통을 벗고 소리를 고래고래 지르고 싶었다.

그게 왜 방송국 잘못이냐. 출연하지 않는 이병웅 잘못이지!

*　　　　*　　　　*

"정 실장, 방송국에서 난리가 아니라며?"

"당연하죠. 프로그램이 계속 펑크 나는데, 가만 있을 리 있겠습니까?"

"하아, 이거 미치겠네. 나도 전화기가 쉴 새 없이 울려대. 어젠 JBC하고 TBS 국장이 거의 동시에 전화를 해 왔어."

"사장님도 참 힘드시겠습니다."

'창공'의 기획실장 정문호가 불쌍하다는 듯 혀를 찼다.

자신은 위쪽 핑계를 대며 넘기면 됐지만 김윤호는 방송국과 끈끈한 관계를 맺고 있기 때문에 미치고 펄쩍 뛸 정도겠지.

"뭐라고 핑계를 대셨어요?"

"진짜 몸이 아프다고 했다. 감기가 심하게 걸려서 집 밖으로 나오지 못한다고 했어."

"차라리, 사실대로 말하지 그러셨어요."

"야, 그래도 내 인생 모토가 의리다. 말하지 않겠다고 약속했는데 그걸 깨면 안 되지."

"휴우, 비밀도 아닌 것 같은데 그걸 왜 숨기는지 모르겠네.

언제 온대요?"

"한 달 일정으로 갔으니까 이제 일주일 정도 남았다."

"왜 간 건지 모르시죠?"

"걔가 언제 나한테 일일이 보고했냐. 이번엔 두영이까지 떼 놓고 가서 무슨 짓을 하는지 나도 전혀 몰라."

"어쨌든 우리 잘 버텼습니다. 3주나 끙끙거리며 막았으면 우리로선 최선을 다한 거예요. 병웅이 오면 고기나 사 달라고 하죠. 하도 욕을 먹어서 맷집이 다 닳았습니다. 체력 보강 좀 해야 돼요."

정실장의 말을 들은 김윤호가 껄껄거리며 웃었다.

진짜다.

3주 동안 언론 기자와 방송국에서 얻어먹은 욕이 평생 살아오면서 얻어먹은 욕보다 훨씬 많을 정도였다.

이 모든 게 이병웅 때문에 생긴 일이니 고기를 얻어먹어도 된다.

물론 돈은 자신이 내겠지만.

*　　　*　　　*

이병웅은 음반 녹음이 끝난 후 곧바로 정설아와 함께 미국으로 날아왔다.

그들이 미국으로 날아온 이유는 '제우스'의 지부를 설립하려는 목적도 있었지만, 최근 세계경제가 무서운 격랑 속으로 빠져드는 중이기 때문이었다.

미국 시장에 '제우스'의 목숨이 달려 있었다.

당연히 신곡에 대한 반응도 궁금했지만, 지금은 인버스의 향후 처리 계획을 수립하는 게 훨씬 더 중요했다.

AIG의 파산으로 시작되었던 은행권의 붕괴는 베어스턴스에 이어 5대 투자은행 중 하나인 리먼브라더스로까지 불을 붙고 있는 상황이었다.

직접 확인 할 필요성이 있었다.

벌써 한국의 환율은 달러당 850원이었던 게 1,100원을 돌파하며 무섭게 상승하는 중이었다.

아직 은행이 흔들린다는 소식은 들려오지 않았지만, 만약 리먼브라더스까지 무너지게 된다면 한국의 은행들도 무사하지 못할 것이다.

무엇보다 무서운 건 역시 환율이었다.

환율을 방어하지 못한다면 IMF 때처럼 외환 위기가 찾아 올 가능성이 컸다.

이번 여행의 최대 목적은 '제우스'의 지부 설립이었고, 막대한 금액이 투자된 인버스를 언제까지 끌고 갈지 확인하는 것이었다.

현재 수익률이 60%를 육박하고 있었기에 정설아는 끊임없이 불안감에 시달리며 일정 부분이라도 청산하자는 주장을 끊임없이 제기했다.

그렇기에 직접 보고 결정할 생각이었다.

3주 동안 두 사람은 '제우스' 지부 설립에 필요한 절차와 행정 서류들을 알아보고 골드만삭스와 모건스탠리, 그리고 여러 개의 은행들을 직접 방문하며 분위기를 살폈다.

당연히 분위기만 살핀 거다.

어떤 미친놈이 단순 방문자에게 극비 정보들을 노출시킨단 말인가.

아직도 미국 정부에서는 경제에 아무런 문제가 없다고 떠드는 판이었으니 그런 정보들은 절대 알려 주지 않을 것이다.

하지만 이병웅은 단 며칠 만에 미국 금융계에서 벌어지고 있는 극비 정보들을 전부 손에 넣었다.

골드만삭스의 국제투자 전문가 앨리스, 모건스탠리의 모기지론 책임자 베로니카와 저녁을 먹었기 때문이었다.

'밀애'에 걸린 그녀들은 현재 진행 중인 금융 상황의 비밀들을 전부 알려 줬는데, 이병웅이 생각한 것보다 훨씬 심각했다.

그녀들은 서브프라임 모기지론과 CDO의 디폴트로 최소 미국 시중은행의 50%가 파산 위기에 몰릴 것이란 충격적인 사실을 말해 줬다.

추정 피해액만 1조 5,000억 달러였다.

1조 5,000억 달러.

한국 돈으로 따지면 1,500조다.

그것도 파생 상품까지 합산하면 얼마나 될지 추측조차 되지 않는다고 했으니 그 규모는 더욱 커질 게 분명했다.

그야말로 태풍급이다.

이 정도 거대한 태풍이라면 대한민국 정도는 단숨에 날아갈 정도의 파괴력이었다.

제23장
탐욕에 젖은 자들

이병웅은 월가에서 미국 상황의 심각함을 들은 후 비행기에 몸을 실었다.

정설아는 뉴욕에서 '제우스' 지부 설립에 관한 일을 처리하느라 그 혼자 펜실베이니아로 향했다.

전통의 명문 펜실베이니아대 와튼스쿨.

와튼스쿨(Wharton School of the University of Pennsylvania) 경영전문대학원은 미국에서 최초로 설립되었고, 파이낸셜 타임스에 의한 MBA 랭킹에서 최근 9년 연속 1위를 차지한 꿈의 명문이었다.

펜실베이니아 경영대학원 석좌교수인 윌리엄스 박사의 연구실로 걸어가며 와튼스쿨의 교정을 구경했다.

고풍스러운 건물들.

대학교를 보는 것이 아니라 잘 꾸며진 공원을 보는 기분이었다.

최철환 교수는 그가 윌리엄스 박사를 만나겠다는 연락을 취하자 직접 약속 시간을 잡아주었다.

윌리엄스 박사는 상당히 왜소한 체구를 지녔지만, 어딘가 모를 위압감이 전신에서 뿜어 나오는 인물이었다.

차기 뉴욕 연은 총재로까지 거론되는 경제계의 거물.

그런 선입감이 적용되었기 때문인지 그 작은 체구가 결코 작게 보이지 않았다.

“자네가 이병웅 군인가?”

“그렇습니다. 만나 뵙게 되어 영광입니다.”

이병웅이 공손하게 인사를 하자 윌리엄스의 얼굴에서 희미한 웃음이 피어났다.

“앉게, 커피 마실 텐가?”

“주시면 감사히 마시겠습니다.”

거절하지 않았다.

호의를 보여 주는 상대는 달갑게 그 호의를 받아들이는 게 최고의 처세술이다.

“자네 이야기는 최 교수한테 많이 들었네. 곧 이쪽으로 온다고 하던데, 언제 오는 건가?”

“아직 한국에서 마무리할 일이 남아 있어 내년이나 올 수 있을 것 같습니다.”

"최 교수가 칭찬이 대단하더군. 천재 중의 천재라고 입에 침이 마르도록 칭찬했어. 그런데 자네, 노래도 부른다며?"

"어쩌다 그렇게 되었습니다."

"세상에는 참 별일도 많지. 자네가 한국 챔피언과 싸우는 동영상을 봤네. 한동안 미국에서도 화제가 되어 우연히 봤는데, 정말 대단하더군. 한 가지 묻겠네. 한국에서 가장 유명한 사람이 뭐 하러 공부를 하려는 건가. 자네 정도면 공부를 안 해도 남부럽지 않게 살 수 있을 텐데?"

"저는 제가 하고 싶은 일을 하는 게 즐겁습니다. 노래와 기타를 치는 것도, 모험을 즐기는 것은 그 즐거움을 위한 일입니다. 펜실베이니아는 경영학을 전공한 사람의 꿈이니 여기서 공부하는 것 또한 저에게는 더 없는 즐거움입니다."

"즐거움을 위해 공부를 한다?"

"그렇습니다."

"음, 즐거움을 위해 공부를 한단 말을 처음 들어 보네."

윌리엄스 박사의 눈이 반짝 빛나며 처음 보여 주었던 희미한 미소가 떠올랐다.

즐거움 때문에 공부를 한다는 말.

하긴, 어쩌면 자신도 그랬던 것 같다. 새로운 경영학문을 배우고 익히며 느꼈던 희열.

실물경제에 자신이 배운 학문을 접목시키며 느낀 성취감을 생각해 보면 그 모든 것이 결국 즐거움이었다.

하지만 윌리엄스 박사는 미소를 지우며 이병웅을 빤히 쳐다봤다.

"그럼, 본론으로 들어가세. 오늘 나를 찾아온 이유는 뭔가?"

"박사님께 물어보고 싶은 게 있어 찾아왔습니다. 지금 미국의 금융시장은 붕괴 직전까지 처한 상태라고 들었습니다. 제가 여기 찾아온 건 미국 경제학의 대가로서 박사님의 의견을 듣고 싶어서입니다."

"어떤 의견?"

"박사님, 은행 쪽에 천문학적인 금액이 디폴트되었습니다. 지금 연준이 하는 전통적 금리 인하 방법으로는 도저히 이 위기를 막을 수 없습니다. 미국 정부에서 공적 자금을 투입하면서 막고 있지만, 그 또한 미봉책에 불과합니다. 이대로 더 진행되면 미국의 금융시장은 붕괴한다는 것이 제 판단입니다."

"미국의 힘을 얕보지 말게. 미국은 이 위기를 넘길 수 있는 충분한 힘이 있어."

"그렇겠죠. 그럴 것입니다. 미국은 기축통화인 달러를 지녔고 세계 최대의 경제 대국입니다. 하지만 그것만으로는 안 됩니다. 박사님, 저는 이역만리에서 솔직한 박사님의 답변을 듣기 위해 날아왔습니다."

물론 거짓말이다.

자신은 사업과 투자의 확실성을 얻기 위해 미국의 상황을 파악하려 왔다.

그런 와중에 상황의 심각성이 자신의 예상 범위를 뛰어넘자 윌리엄스 박사를 찾아왔을 뿐이다.

이대로 둔다면 한국은 곧 외환 위기에 빠져들 수밖에 없다.

"음… 좋아. 그럼 먼저 묻지. 자네는 왜 미국이 이 위기를 넘기지 못할 거라 생각하는 건가?"

"디폴트의 확장성이 너무나 빠르고 거대하기 때문입니다. 미국 정부의 자금력으로는 디폴트된 금액을 막을 수 없습니다. 더군다나 시간이 없습니다. 만약 이대로 시간을 끈다면 미국은 행의 반 이상이 파산을 면치 못할 겁니다."

"자넨, 꽤 많은 걸 알고 있구먼."

"저는 서브프라임 모기지론이 몇 년 전부터 위험하다는 사실을 알고 있었습니다. 거기에 은행의 탐욕이 CDO란 무서운 파생 상품을 만들어 냈죠. 이런 붕괴 상황은 이미 예견된 일이었습니다."

윌리엄스 교수의 얼굴이 침중하게 가라앉았다.

맞는 말이다.

눈앞에 앉아 있는 동양의 청년은 정확하게 맥을 짚으며 미국의 위기를 가리키고 있었다.

중요한 것은 이병웅의 질문에 자신의 답변이 궁하다는 것이었다.

지금 상황을 해결하기 위한 대책이 현재 자신에게는 없었다.

은행의 디폴트는 시간이 갈수록 눈덩이처럼 불어나는 중이었고, 아직도 그 규모를 정확히 측정하지 못했으니 대책을 마련한다는 것 자체가 지극히 난해한 상황이었다.

얼마나 많은 국민들이 파산을 했단 말인가.

그 파산은 고스란히 은행과 금융권으로 전이되고 있었으니 그야말로 붕괴나 다름없었다.

연준이 금리 인하로 대응했고, 정부에서는 공적 자금을 투입하고 있었으나 간에 기별조차 가지 않았다.

이미 10개가 넘는 대형 은행들이 파산했으며, 지금도 뱅크런이 벌어지는 중이니 금융권은 아비규환 그 자체였다.

"자네는 왜 내가 대책을 가지고 있다고 생각하지?"

"교수님은 경영 쪽의 최고봉이시니까요. 그래서 온 겁니다. 다른 사람은 몰라도 교수님만은 최후의 대책을 가지고 계실 것 같았거든요."

"지금 나에겐 정부 관계자가 하루에도 열두 번 넘도록 전화가 온다네. 나를 찾는 사람들이 수도 없이 많아. 그런데도 나는 이 연구실에서 움직이지 않고 있어. 왜 그런지 아나?"

"이렇게 중대한 상황에서 왜 움직이지 않으십니까. 전 이해가 되지 않습니다."

"부끄럽게도 내가 아무런 대책조차 가지고 있지 않기 때문일세."

"정말… 이십니까?"

"난 수차례에 걸쳐 연준 쪽과 정부에 위험한 상황에 대해 경고를 해 왔네. 하지만 그들은 끝내 내 말을 들어주지 않았어. 은행의 탐욕은 그만큼 무서웠고, 정부는 국민들의 지지율에만 신경을 썼지. 결국 폭탄은 터졌고 그 폭탄의 위력은 상상하지 못할 정도의 파괴력으로 금융시장을 초토화시키고 있네. 이런 상황에서 일개 경제학자인 내가 무슨 대책이 있겠는가. 그래서 움직이지 않는 거야. 어차피 가 봐야 할 말도 없으니."

"고민이 많으셨겠습니다."

"그러니, 차나 들게. 날 자꾸 부끄럽게 만들지 말고."

윌리엄스 교수가 천천히 등을 뒤에 대며 한숨을 길게 내리쉬었다.

그의 고민이, 그의 자괴감이 고스란히 드러나는 행동이었다.

해결할 수조차 없는 무서운 붕괴 앞에 무기력하게 서 있는 경제학자의 고뇌가 절절히 묻어났다.

이병웅의 입이 다시 열린 건 그의 행동을 보면서 말랐던 입을 적시기 위해 커피를 한 모금 마신 후였다.

"교수님, 저에게 한 가지 해결책이 있습니다. 들어 보시겠습니까?"

"자네에게… 해결책이 있다고!"

의자에 등을 묻었던 윌리엄스 교수의 얼굴이 급격하게 변했다.

수많은 경제학자와 관료들, 그리고 재무의 귀신들이 머리를 맞대고 궁리를 했음에도 이 붕괴를 막아낼 수 있는 방법을 찾지 못했다.

얼마나 고민을 했단 말인가.

전통적 경제 정책으로 이 위기를 해소한다는 건 불가능에 가까운 일이었다.

그런데 이병웅이 해결책이 있다는 말을 하자 윌리엄스 교수의 얼굴이 잔뜩 굳어졌다.

결코, 믿지 않는 얼굴이었다.

아무리 천재라 해도 이병웅은 동방의 작은 나라에서 이제 겨우 대학교를 마친 햇병아리에 불과했다.

"교수님, 저에게 좋은 해결책이 있습니다. 만약 제 해결책이 괜찮다고 생각하시면 제 부탁을 하나 들어주십시오."

"일단, 들어 보고 판단하겠네."

"그럼, 교수님의 명예를 믿고 제 의견을 말씀드려 보겠습니다. 제가 파악한 바로는 현재 금융권의 디폴트 금액이 1조 5천억 달러를 넘었습니다. 그렇다면 지금의 유동성으로는 도저히 막을 수 없습니다. 그렇지 않나요?"

"맞아. 그게 핵심일세. 지금 시장엔 유동성이 씨가 말랐어. 전 세계에 나가 있던 달러들이 미국으로 회수되었지만, 너무 부족할 실정이야."

"제가 생각한 방법은 바로 그 유동성을 해소시키는 것입니다."

"어떻게?"

"연준에서 달러를 찍어 내는 것이죠. 부채를 부채로 덮어 버리는 것입니다."

"그게 무슨… 자네 지금 그걸 말이라고 하나. 참, 어이가 없군."

"교수님, 방금 말씀하신 것처럼 달러가 미국으로 회수됨에 따라 전 세계가 휘청거리고 있습니다. 이걸 해결할 수 있는 건 미국밖에 없습니다. 기축통화를 가지고 있는 미국이 키를 쥐고 있단 뜻입니다. 다른 나라가 양적 완화를 하면 하이퍼인플레이션이 오지만, 미국에서 하면 이야기는 달라집니다. 미국은 하이퍼인플레이션이 오지 않습니다. 달러를 수출하면 되니까요."

"음… 계속해 보게."

"당장 달러를 찍어야 합니다. 그것도 디폴트된 금액의 최소 3배를 찍어야 합니다. 그렇게 해야만 미국을 비롯한 전 세계가 고통에서 벗어날 수 있습니다."

"자넨 정말 무서운 말을 하는군. 만약, 그렇게 할 경우 금융 시스템이 완전히 붕괴될 수 있다는 건 생각하지 않았나. 미국이 찍으면 결국 다른 나라들도 찍게 될 거야. 인플레이션은 무섭게 치솟을 거고, 결국 하이퍼인플레이션으로 갈 수밖에 없어. 대공황이 온단 말일세. 금융 위기는 끔찍한 고통을 수반하지만 시간이 지나면 벗어날 수 있어. 그러나 화폐를 무차별적으로 찍어 내면 인류는 망해. 그러니까 자네의 이론은 옳지 않아."

"아닙니다. 그 막대한 유동성을 묶어 두면 됩니다."

"어디에?"

"금융시장, 그리고 부동산에 묶어 둬야죠. 또한, 무섭게 성장하는 중국에 퍼부으면 됩니다. 그런 다음 위기를 넘긴 후 다시 긴축 정책을 펼쳐 풀어놨던 유동성을 서서히 회수하면 시장은 정상을 찾아갈 수 있습니다."

"허어!"

이병웅의 의견에 윌리엄스박사의 얼굴이 허옇게 변했다.

거기까지 생각하지 않았다.

경제학자로서 화폐의 유동성이 주는 치명적인 폐해만 생각했을 뿐, 그 운용의 변칙적인 방법은 고려하지 않았던 것이다.

전혀 터무니없을 것 같은 발상의 전환.

윌리엄스 박사는 눈을 감은 채 한동안 석상처럼 움직이지 않았다.

많은 생각들이 머릿속을 무섭게 휘저었고 이병웅이 말한 상황에 대해 시나리오를 펼쳐 나가며 고민을 거듭했다.

그의 눈이 떠진 것은 무려 한 시간이 지난 후였다.

“자네의 부탁이 뭔가?”

윌리엄스 박사의 입이 열리자 이병웅의 얼굴이 펴졌다.

자신의 의견을 그가 받아들였단 뜻이기 때문이었다.

솔직히, 확신하지 못했다.

그 역시 화폐를 무차별적으로 찍어 냈을 경우의 부작용에 대해 자신할 수 없었지만, 지금의 위기를 벗어나는 건 양적 완화밖에 없단 생각이 들었을 뿐이다.

“한국은 10년 전 IMF에 구제금융을 신청하면서 엄청난 고통에 빠진 경험이 있습니다. 지금 한국의 환율이 무섭게 치솟으며 외환 위기가 다가오는 중입니다. 교수님, 그걸 막아 주십시오.”

“내가 그걸 어떻게 막는단 말인가?”

“미국은 1998년 한국을 IMF에 몰아넣고 양털 깎기를 통해 엄청난 이득을 취했습니다. 수많은 은행들을 쓸어 담았고 우량 기업과 서울의 부동산들을 손에 넣었습니다. 인정하시죠?"

"허어… 그래서?"

"교수님처럼 양심 있는 학자들과 달리 미국의 금융가들은 이런 위기를 만들어 놓고 한국을 비롯한 신흥 국가들이 먼저 죽기를 바라고 있습니다. 그래야 또 다른 탐욕을 부릴 수 있을 테니까요. 저는 한국 국민의 일원으로서 그들의 탐욕에 당하는 조국을 그냥 두고 볼 수 없습니다. 그러니 교수님, 만약 제 해결책을 쓰신다면 한국과 통화 스와프를 해 주십시오. 교수님은 미국 정재계에 엄청난 인맥이 있는 것으로 알고 있습니다. 이번 위기는 미국이 만들었으니 미국이 책임을 져야 합니다. 과거처럼 다른 나라의 불행을 틈타 이익을 취해서는 안 됩니다."

"그래서는 안 되겠지. 당연히… 그래서는 안 돼. 무슨 말인지 알겠어. 내가 최선을 다해 노력하지."

* * *

이병웅의 '헤어진 후'가 공전의 히트를 치고 있을 때 사회는 급박하게 돌아가기 시작했다.

기어코 미국에서 리먼 브라더스가 파산을 하면서 본격적인 금융 위기가 시작되었고, 한국의 환율은 무섭게 치솟기 시작했던 것이다.

은행이 대출 금리를 폭발적으로 상승시키며 기업들이 고통에 겨운 신음을 흘렸으며 여기저기서 구조 조정이란 단어가 봇물처럼 터져 나왔다.

무서운 기억.

IMF 당시 한국 사회는 한 달에 3,000명씩 직장을 잃은 가장들이 스스로 목숨을 끊는 슬픔을 맛봤다.

그 기억이 사회를 공포 속으로 몰아넣었다.

*　　　　*　　　　*

기재부 차관 김시웅은 무거운 표정으로 도쿄 공항을 나왔다.

일본 쪽에서는 아무도 마중을 나오지 않았는데, 이번 방문이 비공식이었기 때문이었다.

그럼에도 어이가 없다.

미리 방문하겠다는 통보를 했음에도 일본 쪽이 이런 반응을 보이자 불안감이 몰려들었다.

“이 새끼들 낌새가 이상하지?”

“차관님, 우리 쪽 대사관에서 차량을 준비해 놨습니다. 가시죠.”

대외경제국장 이창래가 손짓으로 방향을 가리키자 김시웅이 입맛을 다시며 수행원들과 함께 걸음을 옮겼다.

시간이 지나면서 점점 상황이 위중하게 변해 간다는 보고는 받은 후 그동안 꾸준히 미국 쪽에 통화 스와프를 요청했음에도 그들은 한국의 제의를 받아들이지 않았다.

마치 철벽처럼 느껴졌다.

동맹인 절대 우방국, 한국의 요청을 그들은 아예 콧방귀조차 뀌기 않았다.

그랬기에 일본을 찾을 수밖에 없었다.

일본과는 오래전 통화 스와프가 채결되어 있었으니 계약대로 시행해 줄 것을 요청하기 위함이었다.

그러나 그들은 한국이 막상 급한 상황에 몰리자 검토하겠다는 말만 거듭할 뿐, 실질적인 답변을 회피했다.

허리를 굽히는 것도 한두 번이지 국가의 자존심을 굽혀가며 계속 쫓아다니는 건 절대 하고 싶지 않은 일이었으나, 국가가 위기에 처하자 직접 일본까지 찾아왔다.

환율은 벌써 1,300원을 넘어 기업들은 극도의 고통에 시달리는 중이었고, 은행에서는 시장 금리를 무차별적으로 올리고 있어 개인 파산자들이 속출하고 있었다.

더군다나 극비리에 들어온 정보에 따르면 IMF에서 한국을 외환 위기국으로 지정한 채 구제금융 요청이 들어오면 움직이기 위해 준비 중이었다.

개자식들.

또다시 양털 깎기를 하고 싶은 거다.

1998년 IMF는 한국에 달러를 빌려주며 온갖 횡포를 저질러 엄청난 이득을 챙겨갔다.

잊지 못할 추억이냐.

한국을 박살 내면서 얻었던 달콤한 사탕이 다시 먹고 싶은 거겠지.

대통령은 물론이고 각부 장관은 무슨 수를 쓰든 IMF 구제 금융만은 막아야 한다고 고함을 질렀다.

그들도 다시 한번 한국 경제가 외국인들에 의해 초토화되는 걸 어떻게든 막고 싶었기 때문이다.

그러나.

세상일은 권력자들이 바란다고 모든 게 뜻대로 이루어지지 않는다.

* * *

"방문 시간은?"

"2시간 남았습니다. 어디 가서 커피라고 한잔하시다가 들어 가시죠."

"이 국장, 우리가 여기 놀러왔어?"

"예?"

"우린 살려 달라고 사정하러 온 놈들이야. 그런데 커피가 목구멍으로 들어가겠나. 그냥 가지. 거기 가서 기다리자고."

"그럼 시간이 너무 남습니다."

"괜찮아. 거기서 우리의 조건에 대해 더 논의해 보세. 어차피 그놈들, 그냥은 해 주지 않을 테니."

"알겠습니다."

김시웅 차관의 뜻대로 일행이 전부 승합차에 탄 후, 곧장 오늘 면담 장소인 재무성 본청으로 향했다.

*　　　*　　　*

한참 동안의 기다림 끝에 회의실로 들어서자 텅빈 의자가 보였다.

아직 일본 측은 오지 않았기 때문에 회의실은 썰렁했다.

탓할 수 없다.

시계는 약속 시간 10분 전을 가리키고 있었다.

시간이 정각을 가리키자 문이 열리며 오늘 면담 주체인 부대신 스즈끼가 뒤에 실무자 한 명 달랑 매달고 나타났다.

부대신은 우리나라로 보면 차관급이기 때문에 오늘 회담은 고위급 협상 자리다.

여기서 양 국가의 조건이 잘 해결되면 통화 스와프를 맡고 있는 한국은행의 담당자들이 날아오게 될 것이다.

간단한 인사가 끝나고 양쪽이 마주 앉은 후 회의가 시작되었다.

처음부터 기분이 좋지 않았다.

한국은 차관을 비롯해서 담당국장, 그리고 실무과장까지 5명이 왔으나 일본은 부대신과 새파랗게 보이는 실무진이 전부였다.

"부대신님, 한국과 일본은 2001년 이미 통화 스와프를 맺어 온 상태입니다. 우리 쪽은 벌써 여러 번 그 계약을 이행해 달라고 요청했으나, 아직 일본에서는 검토 중이라는 답변만 반복하고 있습니다. 도대체 이유가 뭔지 알고 싶습니다."

"그건 당연한 일 아니겠습니까. 한국이 위기에 처한 것처럼 일본도 어려운 상황입니다. 양국이 통화 스와프가 된 건 맞지만, 이런 상황에서는 지원이 쉽지 않다는 걸 차관님도 아실 겁니다."

스즈끼의 말은 거짓말이다.

일본은 기축통화국이기 때문에 달러만큼은 아니지만 엔화는 세계 만국에서 통용되는 화폐다.

다시 말해 한국이 암에 걸렸다면, 일본은 지금 감기 정도 걸린 상황이라고 보면 된다.

원래 기타 통화국은 달러에 문제가 생겼을 때 제일 먼저, 가장 고통스러운 상황에 직면하기 때문이다.

만약 스즈끼의 말대로 일본이 극도의 위험에 빠졌다면 자신이 이곳까지 좇아왔겠는가.

누울 자릴 보고 다리를 뻗으라고 했다.

일본은 당연히 누울 자리였고 그랬기에 찾아왔으나, 스즈끼는 능글거리는 표정으로 거절의 뜻을 명백히 하고 있었다.

"정무관님, 일본은 기축 통화국으로서 아직 여유가 있는 상황이라 알고 있습니다. 하지만 저희 한국은 다릅니다. 지금 달러가 공급되지 않으면 한국은 붕괴에 가까운 타격을 입게 됩니다. 그러니 선처를 바랍니다. 우리 쪽도 일본에 많은 여력이 없다는 걸 알고 있습니다. 미국이 점점 안 좋아지는 상황이니 일본 쪽도 준비를 해야겠죠. 하지만 양 국가의 신뢰를 감안하여 100억 달러만 빌려주십시오. 일본 쪽이 지원을 해 준다면 금방 환율 시장은 안정을 되찾을 수 있습니다. 우리 쪽은 지원만 된다면 통화 스와프에 채결된 금리를 상향시킬 의지가 있습니다."

"이자는 상관없습니다. 중요한 건 일본의 여력이 없다는 것이죠."

"다시 말씀드리지만 양국의 신뢰를 감안해 주십시오. 이렇게 국가 간 채결된 협의 사항을 위반한다면 세계 어떤 국가가 일본을 신뢰하겠습니까!"

그가 가지고 온 가장 중요한 협상 카드, 이자율을 언급했음에도 스즈끼는 전혀 받아들지 않았다.

처음부터 아예 협상할 의지가 없다는 뜻이다.

그랬기에 김시웅의 목소리가 커졌다.

그러자, 스즈끼의 눈빛이 날카롭게 변하며 목소리가 건조하게 변했다.

"이보세요, 차관님. 우리 일본은 언제나 세계의 일원으로서 책무를 다하는 국가입니다. 함부로 그런 말씀 하시다니 상당히 불쾌하군요."

"아니라고요? 양국의 약속을 위반하면서 그런 소리가 나옵니까. 도대체 일본의 신뢰는 뭡니까?"

"우리 일본은 최근 IMF의 요청으로 500억 달러의 기금을 출연했습니다. 이런 것들이 세계를 향한 일본의 신뢰지요."

"IMF에 500억 달러를 출연했다고……."

스즈끼의 말을 들은 김시웅의 얼굴이 하�—게 변했다.

한국의 끊임없는 요청은 간단하게 무시한 놈들이 IMF에 기금을 출연했다는 건 무슨 뜻일까.

기분 나쁜 예감이 마구 피어오르기 시작했다.

그렇다면 최근 IMF에서 한국이 구제금융을 요청할 것이라며 돈을 준비한 게 일본 자금이란 거야?

"그렇습니다. 그러니 차관님, IMF에 구제금융을 요청하십시오. 우리 일본은 이미 모든 여유자금을 전부 출연한 상태라 더 이상 누군가를 도울 수 있는 형편이 아닙니다."

이런 개새끼!

그렇구나, 일본은 그 옛날 미국 자본이 한국을 양털 깎기 하는 걸 지켜보며 이번에는 지들 차례로 만들고 싶은 거였어.

미국은 지금 정신없는 상황이라 판단하고 저희들이 대신 양털 깎기를 하려는 속셈이야.

하아, 이번 협상은 더 이상 진행할 필요가 없다.

놈들의 속셈을 알게 되었으니 이제 와서 협상 카드들이 무슨 소용 있단 말인가.

이를 갈면서 스즈끼의 능글거리는 얼굴을 노려봤다.

당장 자리를 박차고 일어나 놈의 면상을 주먹으로 갈기고 싶었으나, 김시웅은 한숨을 길게 내리쉬며 천천히 서류를 챙겨 이창래에게 넘겨줬다.

그럼에도 김시웅의 눈은 여전히 독기에 사로잡혀 있었다.

"무슨 말인지 알겠소. 결국 일본의 생각이 거기로 향하고 있었군. 여전히 일본은 한국과 사이 좋게 지낼 생각이 없는 모양이요."

"그럴 리가요. 우리는 한국을 우방으로 생각하고 있습니다. 우린 지리적으로 가장 가까운 나라들이니 사이좋게 지내야죠."

"흐으… 좆 까라, 씨발놈들아."

결국 참고 참았던 성질이 폭발했다.

여전히 능글거리는 스즈끼의 반응을 지켜보던 김시웅은 결국 손으로 입을 막을 채 욕을 퍼부었다.

입을 막은 채 웅질거렸으니 당연히 스즈끼는 제대로 들을 수 없었다.

하지만 옆에 있던 이창래는 그 소리를 고스란히 들었기에 얼굴이 슬쩍 변했다.

"무슨 소린지 알겠습니다. 사이좋게 지냅시다. 서로 필요할 땐 생까면서 우리 앞으로도 친하게 지냅시다. 언젠가 우리도 오늘 당신들이 보여 준 친절을 되갚을 때가 올 거요. 우리 친한 사이니까!"

*　　　*　　　*

이병웅은 과천으로 차를 몰았다.

그동안 정부 청사 쪽에서 살고 있던 최철환 교수가 식사를 하자며 불렀기 때문이었다.

귀국한 지 불과 10일이 지났을 뿐인데, 사회는 급격하게 침몰하고 있는 중이었다.

리만 브라더스가 무너진 건 그가 한국으로 돌아온 지 3일 후였고 그때부터 환율은 무섭게 치솟으며 기업들을 위험의 구렁텅이로 빠뜨리고 있었다.

"어서 와라."

"교수님, 얼굴색이 안 좋습니다. 너무 무리하고 계신 거 아니에요?"

"괜찮아. 여기 대구탕이 맛있어. 한번 먹어 봐."

"예."

소탈한 사람이다.

경제계의 거두였음에도 그와 따로 3번 식사를 했지만 언제나 서민들이 먹는 음식들을 즐겼다.

"윌리엄스가 전화를 해 왔더라."

"뭐라던가요?"

"네가 한 말을 토의하기 시작했대. 도대체 그런 생각은 어떻게 한 거냐?"

"나름대로 고민하고 생각해 낸 겁니다. 제가 봤을 때 다른 방법으로는 도저히 해결할 수 없을 것 같았거든요."

"넌… 정말 아무리 봐도 대한 놈이다."

최철환 교수가 혀를 내둘렀다.

독약 같은 방법.

화폐를 마구 찍어내는 양적 완화는 경제를 전공한 사람들은 절대 금기시 하는 최악의 선택이었다.

"윌리엄스가 말하는 걸 보니 진짜 그 방법을 쓸 생각인 것 같아. 지금 연준 쪽하고 재무부 쪽 인사들과 접촉하는 중이래."

"교수님, 제가 윌리엄스 교수님께 제안한 게 있습니다. 그 말씀은 안 하시던가요?"

"어떤 제안?"

표정을 보니 진짜 듣지 못한 모양이다.

하아, 이 사람.

약속을 했음에도 친한 친구에게조차 말을 하지 못했다는 건 그만큼 성사될 가능성이 낮다는 뜻이다.

신중한 사람들은 자신 없는 것들에 대해서는 함부로 말을 꺼내지 않는데, 윌리엄스도 그런 부류가 틀림없다.

"저는 윌리엄스 교수님께 한국과의 통화 스와프를 부탁드렸습니다."

"정말이냐!"

"그렇습니다. 제가 제시한 방안을 쓴다면 그렇게 될 수 있도록 노력하겠다는 약속도 하셨어요."

"음……."

최철한 교수도 천재다.

금방 상황을 눈치챈 그의 표정이 점점 어두워져 갔다.

그만큼 어렵다.

미국 정부에서 통화 스와프를 채결해 주지 않는 이유는 금융 세력들의 반대가 가장 컸다.

금융 세력들은 정권을 바꿀 수 있을 만큼 거대한 힘을 지녔기에 그들이 반대하는 상황에서 정부가 독자적으로 움직인다는 건 결코 쉬운 일이 아니었다.

"며칠 전 기재부 차관이 일본에 다녀왔어. 그런데 그 자들이 지원을 안 해 주겠다고 거절했단다. IMF에 출연해 놨으니 거기서 구제금융을 받으라고 했다더군."

"그자들… 우리나라를 노리고 있는 것 같네요."

"그래 맞다. 그 자들은 우리가 외환 위기에 처하면 양털 깎기를 할 심산이야."

"결국, 마지막 희망은 미국밖에 없어요. 정부에서는 어떤 움직임을 보이고 있죠?"

"워낙 미국이 강경하게 반대하고 있어. 그래서 정부도 속만 태우고 일정을 잡지 못하고 있는 실정이야."

"그래도 가야 됩니다. 가서 죽이 되든, 밥이 되든 부딪쳐 봐야 해요. 미국에서 거절한다고 그냥 있으면 우리나라는 IMF보다 더 큰 고통에 빠져들 거예요."

그래, 그렇게 될 거다.

1998년보다 지금의 경제 규모가 훨씬 커졌다.

그 말은 한국 경제의 유동성이 그만큼 커졌다는 뜻이고, 국민들이 지닌 부채의 양도 그때와는 비교조차 할 수 없을 만큼 크다는 걸 의미했다.

이런 상황에서 금융 위기가 온다면 대한민국은 깊고 깊은 수렁 속에서 헤매게 될 것이다.

“네 생각은 어떻게 하는 게 좋을 것 같으냐?”

“교수님께서 정부 관계자를 설득해 주세요. 차관이 안 되면 장관, 장관이 안 되면 대통령을 만나셔야 됩니다. 무조건 특사를 미국으로 보내도록 해 주세요. 그렇게만 해 주시면 제가 일이 성사되도록 노력해 보겠습니다.”

“네가… 무슨 수로?”

“저에게, 미국이 통화 스와프를 승인하게 만들 비책이 있습니다. 지금 말씀드릴 수 없지만 제 방법을 동원하면 충분히 가능한 일입니다. 그러니, 교수님. 특사만 파견될 수 있도록 해 주세요. 물론 제가 그 속에 포함되어야겠죠.”

*　　　*　　　*

‘제우스’의 회의가 묘한 긴장감에 사로잡혔다.

이번 출장에서 정설아는 지부 설립 절차를 철저하게 진행했고, 귀국한 후 국내의 행정 절차도 빠르게 마무리해 나갔다.

이제 남은 건 누가 미국으로 날아가 마무리 작업을 하고 지부를 맡아 운영하느냐는 것뿐이었다.

“누가 갈래, 미국.”

이병웅의 말에 직원들의 시선이 굳어졌다.

그동안 끊임없이 논의한 것처럼 이병웅은 미국 지부를 ‘제우스'의 주력 부대로 생각했기에 가장 중요한 자리였다.

물론 여직원들은 제외다.

특히, 정설아는 국내에서 총괄해야 하는 사람이니 결국 홍철욱과 문현수 둘 중 한 명이 가야 한다.

"내가 갈게. 현수는 중국 쪽을 생각하고 있으니 내가 가는 게 맞아."

"현수, 네 생각은?"

"나도 그렇게 생각했어. 철욱이는 중국어가 안 되니까 거길 내가 맡을게."

"오케이. 그럼 철욱이가 다음 주에 바로 미국으로 넘어가. 누나한테 세부적인 거 설명 듣고."

"알았어."

"현수도 다음 주에 중국으로 출장 가라. 어차피 할 거면 서두르는 게 좋아."

"오케이."

"모든 절차가 마무리되면 철저한 검증을 통해서 직원들을 뽑아야 해. 알지?"

이병웅이 지시하자 두 사람이 동시에 고개를 끄덕였다.

"그리고 철욱아. 내가 말한 건 어떻게 진행되고 있어?"

"재밌는 사실을 발견했어. 막상 조사해 보니까 그런 생각을 가지고 있는 사람들이 엄청 많더라. 그런데 전부 아이디어만 가지고 있지, 실행을 옮긴 사람들은 극소수야. 그중 담배인삼공사 출신 연구원들이 퇴직해서 회사를 만들었는데, 가장 가능성이 큰 것 같아."

"연구 실적은?"

"아직… 회사를 만들었지만 워낙 영세해서 조그만 사무실이 전부야. 오죽하면 실험실도 없겠냐. 더군다나 수입이 없어서 고전 중인 것 같아."

"담배인삼공사 출신 연구원 정도로는 절대 안 돼. 그들은 건강식품 전공자들이 아니잖아?"

"맞아. 그래서 그 사람들도 아이디어만 가지고 있을 뿐, 제대로 진척을 못 한 거야. 사람들을 쓸려면 돈이 필요한데, 자금이 없거든."

"네가 봤을 때 어떤 거 같아?"

"현실화하려면 시간이 필요하겠지만 분명히 가능한 아이템이야."

"좋아, 그럼 추진해. 누나!"

"응?"

"우리가 회사를 만들자. 그리고 그 사람들을 영입해서 연구하는 게 좋겠어. 나머지 필요 인력들도 최고들로 충원하고."

"사장님아, 일단 아이디어부터 챙겨보는 게 순서야. 그들이 지닌 아이디어가 정말 실행 가능한 건지 어느 정도 확신이 있어야 투자를 하지. 그냥 뛰어들었다간 실패할 가능성이 너무 커."

"하하… 그 사람들을 믿는 게 아니야. 나는 처음부터 이 프로젝트가 무조건 성공할 것이라 생각했어. 그들은 내 프로젝트의 일부분에 불과한 사람들이야. 누나는, 왜 건강 담배가 지금까지 실패했다고 생각해?"

"음… 글쎄……."

"세상에 불가능한 건 없어. 건강 담배는 인류의 작은 꿈 중 하나임에도 지금까지 개발하지 못한 건 기득권의 장난질과 가난한 모험가들의 한계 때문일 거야. 우린 꿈을 좇는 사람들이고 자금력도 풍부해. 그렇지 않아?"

"알았어. 그래도 면담은 충분히 할게. 나는 그 사람들이 자격이 있는지 알아봐야겠어."

"그건 누나가 알아서 해. 다만, 주저하지 않았으면 좋겠어. 모험은 언제나 용기가 필요한 거잖아. 그리고 경아 씨가 추진하는 건 어떻게 됐어요?"

이번에는 이병웅의 시선이 김경아에게로 옮겨졌다.

그녀는 이미 신사업 이야기가 나올 때부터 기다리고 있었는지 노트를 펴고 즉각 대답을 하기 시작했다.

"다이어트 신발은 이미 개발되어 있었어요. 마사이 신발이란 게 건강 신발로 한창 유행했는데, 다이어트 신발은 그 정도로 히트하지 못했을 뿐이에요."

"이유는 뭐죠?"

"효과의 증명이 부족했기 때문이죠. 더군다나 효과가 확실하지 않다 보니 투자가들이 따라붙지 않아 제대로 된 광고조차 하지 못했어요. 그러니 실패할 수밖에요."

"경아 씨가 봤을 땐 다이어트 효과가 있나요?"

"담배 쪽과 마찬가지로 이쪽도 다이어트에 대한 과학적 근거나 특허 같은 건 전혀 없는 것 같아요. 사장님께서 말씀하신 것처럼 한의학 쪽과 연계되어 있다고는 하지만 제가 거기까지 알아볼 수는 없었어요. 회사 기밀이라며 절대 가르쳐 주지 않더라고요."

"그 회사, 지금 어때요?"

"안 좋아요. 신발이 제대로 팔리지 않아서 부도 직전이에요."

"규모는?"

"규모도 무척 작아요. 수제로 만들기 때문에 공장 규모가 백 평도 안 됐어요."

"그럼 그 회사 인수하세요."

"예?"

"그 사람들의 아이디어를 사서 본격적으로 해 봅시다. 어차피 회사가 부도 직전이라면 넘길 수밖에 없을 테니 제대로 해 보자고요."

"알았습니다. 준비가 되면 보고드릴게요."

김경아가 뭔가를 노트에 적으며 자신 있게 대답하자 이번엔 곧바로 문현수가 나섰다.

"때가 묻지 않은 자동차는 앞에 두 가지보다 더 가능성이 큰 것 같아."

"그래?"

"첨단 소재 쪽은 현재 일본이 최고야. 그들이 개발한 코팅액 중에서 고층 빌딩 유리에 도포하는 것이 있대. 그런데 그 코팅액을 바르면 유리창에 전혀 때가 타지 않는다네. 우린 거기서 부터 출발하는 게 좋겠어."

"남이 개발해 놓은 건 의미 없다. 그리고 그런 제품을 개발해 놓고, 자동차를 생각하지 않았겠어? 분명 다른 약점이 있을 거야."

"나도 그렇게 생각해. 그럼에도 내가 가능성을 본 건 강력한 코팅액을 개발할 수 있을 것이란 확신 때문이야. 우린 걔네들이 개발한 것보다 더 강력하고 효과 좋은 코팅액을 개발하면 돼."

"그건 돈이 꽤 들겠는데?"

"당연한 말씀."

"좋아, 그래도 해 보자. 대박을 터뜨리려면 투자를 선행해야지. 투자 없이 공으로 돈을 벌려는 건 놀부 심보잖아. 그건 네가 맡아서 추진해. 회사를 만들고 연구 인력을 뽑아. 돈은 얼마가 들어도 상관없으니까 최고들로 구성하고 사무실과 연구실도 최고급으로 만들어."

"제우스 살림 거덜 나지 않을까?"

문현수의 걱정에 이병웅의 하얀 이가 드러났다.

현재 '제우스'가 보유한 평가 금액은 1조 6천억에 육박한다.

미국 인버스에 투자한 금액 5,000억이 1조 2천억으로 불어났고 정설아가 운용하고 있는 금액도 4천억으로 불어난 상태였다.

누군가는 주식 폭락으로 깡통을 찼지만, '제우스'는 대박이

터진 상태였다.

더 중요한 것은 앞으로도 '제우스'는 이 아사리판에서 승승장구를 거듭할 것이란 사실이었다.

자신이 있다.

현재 경제의 흐름으로 봤을 때 반전이 생길 가능성이 농후한 상태였다.

만약 그가 윌리엄스에게 제시한 것처럼 양적완화가 시작될 경우 주식시장은 다시 불을 뿜게 될 것이다.

"그 정도로 제우스가 거덜 나지는 않아. 투자한 것 이상 돈을 벌 텐데, 뭐가 걱정이야?"

"그런데 꼭 이런 걸 해야 돼? 금융 투자만 해도 네 실력이면 엄청난 돈을 벌수 있잖아."

"다시 말하지만 금융의 한계는 분명히 있어. 누구도 따라오지 못하는 독자적 아이템을 만들 수만 있다면 우린 MS나 벤츠, GM과 같은 독보적인 기업들을 만들게 될 거야. 너 그런 기업들의 매출액이 얼마나 되는지 알아?"

"음……."

"금융으로 만질 수 없는 돈들을 그들은 창출해 낸다. 더군다나 사회적 가치로 따진다면 그 규모는 상상할 수 없을 만큼 더욱 커지지. 그래서 하려는 거야. 성공하는 순간, 우리는 세계를 제패할 수 있으니까!"

*　　　*　　　*

이병웅이 귀국했을 때 공항부터 기자들과 팬들로 인해 난리가 났다.

어떻게 알았는지 기자들은 이병웅이 귀국하는 장면을 생중계하면서 초미의 관심을 보였다.

공항에 있던 사람들도 마찬가지.

워낙 많은 사람들이 몰려들어 이병웅이 가는 곳은 마치 구름 떼가 움직이는 것처럼 보일 정도였다.

"참, 얼굴 보기 힘들구나. 난 아무래도 계약을 잘못한 거 같아."

"왜요?"

"계약금을 안 줬더니 제멋대로잖아. 독박은 혼자 고스란히 내가 지고. 너, 내가 그동안 얼마나 괴로웠는지 알아?"

"급한 일 때문에 미국 다녀온다고 했잖아요."

"네가 비밀로 해 달라고 그래서 내가 죽을 뻔했어. 금방 들통날 거짓말을 하느라 내가 흘린 진땀만 서 말은 될 거다."

"하하… 미안해요."

"돌아와서 10일이 지나도록 뭐 한 거냐. 네가 귀국한 게 전국에 생방송될 정도였는데, 왜 방송에 안 나오느냐고 난리가 아니야. 너 정말 내가 죽는 꼴 보고 싶니?"

"급하게 처리할 일이 있었습니다."

"도대체 가수란 놈이 노래는 안 하고 어딜 그렇게 빨빨거리며 돌아댕겨!"

"제가 하는 일이 많아서요. '헤어진 후'가 빅히트를 쳤다면서요?"

"빅히트 정도겠냐. 지금 일본하고 동남아 쪽도 난리 났어. 미국 쪽에서도 인기가 올라가는 중이고. 유튜브 조회 수가 이미 2천만이 넘었어."

"사장님 돈 좀 버셨겠는데요."

"아직, 본전 빼려면 멀었다."

"그렇게 보지 않았는데 엄살이 심하시네요."

이병웅이 웃으며 말하자 김윤호의 얼굴이 일그러졌다.

하긴, 이런 놈한테 엄살을 부린 것부터가 잘못이다.

"노래는 발표해서 빅 히트를 때렸는데 가수는 노랠 부르지 않고, 어쩔 생각이니? 방송국에서는 널 죽이려고 해. 일개 가수란 놈이 방송국을 홍어 좆으로 본다고 나한테 지랄들을 한다. 이대로 계속 노래 안 할 거야?"

"해야죠. 가수는 노래를 불러야 한다면서요."

"언제!"

"이번 주는 시간이 있습니다. 그러니 사장님이 스케줄을 잡아주세요."

"그거… 정말이지?"

"전 약속 잘 지킵니다."

"아이고, 그렇다면야… 내가 금방 스케줄 잡아서 알려 줄게. 일단 방송사 놈들한테 큰소리부터 쳐 놓고."

"그럼 전 갈 테니까, 두영이한테 스케표 보내 주세요. 사장님 얼굴에 함박웃음 만들어 드릴 테니 걱정하지 마시고요."

*　　　　*　　　　*

정순호가 헐떡거리며 방문을 차고 들어오자 연예국장 조성민이 책상에 앉아 있다 벌떡 일어섰다.

그는 얼마나 열심히 뛰어왔는지 거칠게 숨을 몰아쉬는 정순호를 향해 소리를 버럭 지르며 물을 따라주었다.

"야, 숨 쉬어. 숨부터 쉬어, 인마."

"헉헉… 국장님, '창공'에서 연락이 왔습니다. 이병웅이 이번 주에 출연하겠답니다."

"정말이야?"

"그렇습니다. 그쪽 기획실장이 방금 연락을 해 왔습니다."

"하아, 이 새끼들. 이번 주에도 안 나오면 내가 정말 죽이려고 했는데……. 김윤호한테 협박한 게 통했나 보네."

보고를 받은 조성민의 얼굴이 활짝 펴졌다.

그렇지 않아도 아침 회의에서 사장한테 한 소리 들었다.

물론 사장은 점잖은 사람이라 큰소리를 내진 않았지만, 이병웅의 출연 문제에 대해 거론한 것 자체가 그에겐 커다란 부담이었다.

"어쩔까요?"

"뭘, 어째. 대대적으로 때려야지."

"하아, 참 이거 쪽팔려서 환장하겠습니다. 이게 뭐 하는 짓인지 모르겠어요."

"뭐가 쪽팔려?"

"가수가 수상하러 나오는 게 뭐가 대수라고 사전 광고까지 때린단 말입니까. 우리가 방송하면서 언제 이런 일이 있었어요?"

"그럼 하지 말든가."

"예?"

"하기 싫다며?"

"언제 제가 하기 싫다고 했습니까. 쪽팔리다고 했죠."

"그 말이 그 말이다, 이 자식아. 누군 안 쪽팔리냐?"

"어휴……."

"우리만 나오는 거래?"

"그건 안 물어봤습니다. 나온다고 하길래 일단 국장님께 보고부터 하느라… 이제 알아봐야죠."

"그 새끼, 무조건 우리 방송사만 출연하라고 해. 다른 놈들한테 가지 말라고 하란 말이야."

"그게 됩니까. 다른 방송사는 손가락 빨고 있겠어요?"

정순호가 황당한 표정을 지으며 반문을 하자 조성민의 얼굴이 일그러졌다.

쩝, 당연한 말이다.

이병웅과 전속 계약을 한 것도 아닌데 어느 방송사에 출연한들 어떻게 막을 수 있단 말인가.

그럼에도 조금 억울하단 생각이 들었다.

"그럼 무조건 우리부터 출연하라고 해. 가만있어 봐. TBS '음악캠프'는 일요일이잖아, 우린 토요일이고."

"그렇죠."

"쌰, 그나마 다행이네. 어쨌든, 생방까지 5일 남았으니까 대대적으로 때려. 이때 시청률 안 올리면 언제 올리냐."

"후우, 그래야죠."

"이 자식아, 방송국 자존심 따질 때가 아니다. 이병웅이 인기는 지금 하늘을 찌르고 있어. 그런 놈한테 자존심 따져봤자 우리만 손해야. 안 그래?"

"알고 있습니다."

"서둘러서 준비해. 무슨 수를 쓰던 이번 주 시청률 30% 찍어야 돼."

"30%요?"

"왜 안 될 것 같냐? 된다, 이 자식아. 네가 선전만 제대로 때리면 무조건 찍을 수 있어."

정순호가 입맛을 다셨다.

조성민의 촉은 대단해서 지금까지 틀린 적이 거의 없었다.

하지만 그렇다 해도 이번엔 걱정이 되었다.

'주간가요 차트'의 시청률은 기껏 10% 안팎에 불과했는데, 30%를 찍자는 건 과한 욕심이란 판단이 들었다.

아무리 천하의 이병웅이라 해도 과연 그게 가능할까?

가수가 텔레비전에 출연하는 게 뭐가 대수겠는가.

하지만 JBC와 TBS는 주말 가요 생방송에 이병웅이 출연한다는 사실을 대대적으로 예고 방송 때렸다.

이병웅이 지닌 특별함.

벌써, 그의 노래 '헤어진 후'는 음원 사이트에서 몇 주 동안 압도적 1위를 차지했을 뿐만 아니라 일본, 중국 등 동남아시아를 휩쓸고 있는 상황이었다.

그 정도가 아니다.

팝의 본 고장, 미국에서까지 '헤어진 후'의 인기는 급상승을 거듭하는 중이었다.

그러나 방송사가 예고 방송까지 때린 직접적인 이유는 이병웅의 전략에 말려들었기 때문이다.

원래 세상 사는 게 그런 거지.

줄듯 주지 않고 안달하게 만드는 것.

홀딱 벗고 있는 여자보다 속옷만 입은 여자가 더 섹시하고, 그런 여자보다 더욱 매력적인 건 우아한 품위와 아름다운 얼굴로 신비로운 향기를 뿜어내는 여자다.

이병웅의 모습은 하루에도 열두 번 넘게 방송을 탄다.

물론 광고를 통해서.

그리고 그가 찍은 뮤직비디오는 인터넷에서 지천으로 흘러다니는 중이었다.

직접적으로 만날 수 없지만 언제나 사람들의 주변에 항상 존재하고 있다는 뜻이다.

그렇기에 더욱 애가 타는 것 아니겠는가.

이병웅이란 존재는 우아한 품위와 아름다운 얼굴로 신비로운 향기를 뿜어내는 여자나 다름없었다.

*　　*　　*

“두영아, 방송국 정문은 안 돼. 방송국에서 뒷문으로 오랬어.”

“알고 있습니다.”

“일하는 거 재미있냐?”

“그럼요. 한국 최고의 스타를 모시는데 당연히 재미있죠. 친구 놈들이 난리가 아니에요. 형님 사인 받아 달라고 계속 얘기하는데 제가 싹 무시하고 있습니다.”

“왜?”

“전 형님 귀찮게 하는 놈들이 제일 싫습니다.”

“야, 어색하게 그러지 마. 넌 꼭 나를 하나님 보듯 하는 것 같아서 부담스러워.”

“형님은 제 보스입니다. 당연히 하나님과 동기동창이시죠.”

“지랄한다. 이 자식아, 넌 나와 평생을 같이할 놈인데 그렇게 날 대하면 어색해서 미쳐. 그러니까 그냥 친형처럼 대해.”

“노력해 보겠습니다.”

정두영이 팬들로 가득 찬 정문을 피해 우회전하는 걸 보며 이병웅이 풀썩 웃었다.

복싱 시합을 할 때 보여 주었던 정두영은 아예 찾아볼 수 없다.

놈은 매니저로 취업한 후 마치 보디가드처럼 철저하게 따라 붙었는데, 이병웅이 손끝 하나라도 다친다면 자살이라도 할 기세였다.

뒷문에 도착하자 방송국 관계자로 보이는 사람들이 마중 나와 있는 게 보였다.

"두영아, 쉬고 있어. 끝나면 전화할게."

"예, 형님."

"그리고 이거 받아라."

"뭡니까, 이게?"

"사인, 급하게 5장만 했다. 친구들 갖다줘."

"이러시면… 감사합니다. 하지만 다음부터는 이러지 않으셔도 됩니다……. 저는……."

"시끄러."

이병웅이 정두영의 말을 중간에서 끊고 차에서 내렸다.

그러자, '주간가요 차트' 담당 PD 정순호가 급하게 다가왔다.

"이병웅 씨, 반갑습니다. 저는 PD 정순호입니다."

"안녕하세요."

"자, 얼른 들어가시죠. 여기 있는 걸 팬들이 알면 한바탕 난리가 날 겁니다."

그게 어디 팬들뿐이랴.

정순호를 따라 나온 방송 스태프들까지 이병웅이 도착하자 두 눈에 하트를 만들며 입을 쩍 벌리는 게 보였다.

빠른 걸음으로 방송사 뒷문을 통해 출연자 대기실로 향했다.

출연자 대기실은 일반인 출입금지 지역이기 때문에 방송사 스태프들과 가수들만 드나드는 곳이었다.

이병웅이 복도로 들어서자 여기저기서 비명 소리가 들려왔다.

출연을 위해 준비하던 걸 그룹 여자애들한테서 흘러나온 비명이었다.

"병웅이 오빠야, 정말 왔어!"

"우와, 우와. 실물이 훨씬 잘생겼다. 사인해 달래도 될까?"

"비켜 봐, 잘 안 보이잖아!"

보통 출연진마다 독방을 주지 않는다.

인기가 덜한 가수들은 3, 4팀씩 같은 방에서 대기하지만 정순호는 이병웅을 가장 끝 쪽에 위치한 방으로 안내했다.

"여기서, 기다려 주십시오. 지금 반쯤 진행되었으니 30분 정도만 기다리시면 될 겁니다."

"알겠습니다."

정순호는 그때부터 무대에 올라갔을 때의 동선과 시상과정들에 대해 설명을 해 줬는데, 꽤 많은 시간을 할애했다.

리허설을 하지 않았기 때문이다.

보통 생방송을 진행할 때는 출연자들이 모두 미리 나와 리허설을 진행해야 되었지만, 이병웅은 그런 과정을 모두 생략했다.

그럼에도 정순호는 불만조차 토로하지 못했다.

연예국장 조성민이 문을 열고 들어온 것은 그의 설명이 거의 마무리되었을 때였다.

"안녕하십니까. 나는 연예국장 조성민입니다."

"아, 안녕하세요."

조성민이 손을 내밀자 이병웅이 자리에서 일어나 가볍게 손을 잡았다.

전혀 긴장하거나 두려워하는 표정이 아니었다.

방송사의 연예국장은 가수들에게 저승사자나 다름없는 존재였다.

그의 한마디에 출연 자체가 불가능할 수도 있으니 어쩌면 그보다 더한 존재일지도 모른다.

그럼에도 이병웅은 얼굴에 웃음을 담고 마치 옆집 아저씨 대하듯 그를 마주 보았다.

"정말, 이병웅 씨 때문에 마음고생 많이 했습니다. 그건 아시죠?"

"죄송합니다. 신곡을 발표하고 급히 미국에 다녀올 일이 있었어요. 그렇지 않아도 김윤호 사장님께서 국장님 이야기를 많이 하셨습니다."

"어쨌든 와줘서 고마워요. 오늘은 이병웅 씨 때문에 우리 프로그램이 대박 터질 것 같네요. 끝까지 잘해 주기 바랍니다."

"알겠습니다."

"그리고 이거… 미안하지만 사인 한 장 부탁드려도 될까요. 우리 딸내미가 워낙 이병웅 씨를 좋아해서……."

"해 주는 김에 제 것도 부탁드립니다."

조성민이 미리 준비해 온 티셔츠를 내밀자 옆에 서 있던 정순호가 두 눈을 질끈 감았다가 주섬주섬 주머니에서 하얀 손수건을 꺼냈다.

그에게도 중학교 다니는 딸이 있었기 때문이었다.

*　　　　*　　　　*

스태프의 급한 손짓에 이병웅은 자리에서 일어나 무대로 향했다.

무대 의상은 위아래 하얀 양복에 노타이 차림이었는데, 마치 결혼식에 나가는 새신랑처럼 보였다.

그가 무대로 올라가자 관객석에서 광란에 가까운 반응이 터져 나왔다.

이번 관객들은 운이 좋다.

그동안 이병웅이 출연하지 않아 실망하며 돌아간 관객들에 비한다면 그들은 장땡을 잡은 것이나 마찬가지였다.

관객들의 환호성에 손을 들어 답례를 한 이병웅이 무대 한가운데 서자 그와 1위 경쟁을 하고 있는 걸 그룹 '포이즌'의 멤버들이 나란히 서며 인사를 해 왔다.

그녀들의 얼굴도 붉게 상기되어 있었다.

제일 나이 많은 멤버가 23살에 불과했으니 5명의 얼굴은 전부 소녀처럼 보였다.

그녀들 역시 발표한 곡이 인기를 얻으며 '헤어진 후'와 경쟁

하는 단계까지 올라왔지만, 노래를 떠나 이병웅은 그녀들과 격이 다른 스타 중의 스타였다.

언제나 이런 프로그램은 사회자에 의해 1위가 호명되는데, 이미 결정되었다는 걸 알고 있으니 전혀 긴장할 일도 아니었다.

1위가 발표되면서 큰 폭음 소리가 났다.

축하 세례.

무대에서 불꽃이 튀었고 하늘에서는 꽃가루가 날아왔다.

'포이즌' 멤버들의 축하와 트로피 전달식, 미친 듯이 달려드는 팬들의 꽃다발.

스태프들이 꽃다발을 전달하기 위해 다가오는 팬들을 말리느라 진땀을 흘리는 동안 이병웅은 차분하게 노래를 준비했다.

그토록 화려했던 무대에 모든 조명이 꺼지면서 기타를 들고 의자에 앉아 있는 이병웅의 모습만 보였다.

천천히 시작되는 인트로.

기타 인트로가 시작되는 순간 환호하던 관객석에 무서운 정적이 만들어졌다.

수없이 들었던 곡이었지만 실제로 무대에서 이병웅이 부른다는 사실이 그들을 긴장시켰다.

슬픔이 가득 들어 있는 그의 음성.

모든 조명이 꺼지고 오직 그만 비추는 불빛.

그 불빛을 맞은 채로 노래하는 이병웅의 온몸에서 절절한 슬픔이 묻어났다.

결혼식 예복으로 보였던 그의 옷차림이 불빛을 받으며 처연하게 변했고 사랑을 잃어버린 남자의 고독이 불행한 운명을 예감하게 만들었다.

뮤직비디오의 영향임이 분명했다.

마지막 순간, 연인의 이름을 부르며 죽어갔던 주인공의 모습에서 관객들은 그런 슬픔을 느끼고 있었을 것이다.

마지막 울부짖는 이병웅의 노래에 관객석에서 훌쩍이는 소리가 새어 나오기 시작했다.

연인을 향한 사랑.

이루지 못한 사랑에 대한 충만된 감정의 물결.

이병웅의 음성에는 울음이 묻어났고, 실제 그의 눈에서는 눈물이 방울방울 떨어지고 있었다.

* * *

일주일 내내 이병웅이 출연한다는 광고가 텔레비전 화면에 잡혔으니 모른다는 게 더 어려웠을 것이다.

방송사는 아예 작정을 한 듯 예고 광고를 때렸는데, 복싱이 한참 인기 있었을 때 세계 타이틀 예고 방송을 보는 것 같았다.

역대 최고의 제작비가 투입되는 '불의 전차'.

촬영이 한창 진행 중인 이 영화는 판타지 액션물로 망해 버린 지구에 끝까지 살아남은 인간들의 전쟁과 탐욕, 잔인함을 다룬 영화였다.

황수인은 '불의 전차'의 여주인공이었고 현재 촬영이 70%를 넘어가면서 언론의 집중 조명을 받고 있는 상태였다.

황수인은 촬영을 마친 후 샤워를 한 후, 냉장고에서 맥주를 꺼내왔다.

오늘 장면은 흙바람이 몰아치는 황무지에서 전쟁을 벌이는 신이었기 때문에 숙소로 돌아왔을 땐 목이 잠길 정도였다.

"언니도 같이 마셔."

"나도 마셔야 돼. 하도 선풍기를 틀어대는 바람에 흙들이 내 속옷까지 들어왔어."

정미경이 건네주는 맥주를 받으며 너스레를 떨었다.

그녀는 벌써 5년이나 황수인과 함께했으니 이젠 매니저라기보다 친언니나 다름없다.

"이제 시간 됐지?"

"정말 볼 거야?"

"왜 이러셔. 언니도 보고 싶으면서."

"난 네가 안 본다면 괜찮아. 그리고 사실 그놈 기분 나빠서 보고 싶지 않아."

"왜?"

"우리 동생, 천하의 황수인을 바람맞힌 놈이 뭐가 보고 싶겠어. 나쁜 시키."

"호호, 그건 그거고 노래는 노래지."

"정말 노래만 듣고 싶어서 그러는 거야?"

"응."

목속리가 어색하다.

대답은 그렇게 했지만 진실과 다르다는 뜻이다.

그걸 모를 정미경이 아니었다.

"내가 봤을 때 그놈은 아주 질이 나쁜 놈이야. 철저하게 지 이익을 따져서 행동하는 놈이니까 상종할 필요도 없어."

"질이 나빠?"

"생각해 봐. 우주 최강의 미녀 스타, 황수인을 퇴짜 놓다니 그게 정상이니. 물론 그냥 텔레비전 콘셉트가라 해도 하는 행동으로 충분히 알 수 있어. 저놈은 일부러 지 인지도를 높이려고 나오지 않은 거야. 안 그래?"

"그럴 수도 있지."

"남자는 여자와 단 한 시간만 있어도 상대가 자기를 마음에 두는지 충분히 알 수 있어. 오죽하면 같은 여자인 내가 봐도 니 상태를 알았겠니. 같이 있을 때의 표정, 그리고 대화에서 오고가는 친밀도 이런 것만 봐도 호감 정도를 알 수 있는 거잖아."

"내가 마음에 안 들어서 그럴 수도 있을걸?"

"에휴, 맹꽁아. 네가 마음에 안 드는 놈이 세상에 어디 있겠니. 너처럼 성격 좋고 아름다운 여자를 싫어한다면 그게 남자냐!"

"흠, 우리 언니 오늘 날 너무 띄워 주시네. 그런데 그 사람, 우리가 생각했던 것처럼 내가 안 나올 거라 생각했을 수도 있는 거 아닐까?"

황수인이 맥주를 홀짝 마시며 표정을 숨긴 채 물어봤다.

그러자, 정미경의 미간이 살짝 찌푸려졌다.

"쯧쯧, 수인아. 넌, 날 팽개치고 거길 갔을 때 이미 사람들한테는 천사가 되었어. 거기 간 게 오히려 복이 되었지만, 이젠 그만해. 그놈하고 엮여 봐야 너만 손해야."

"칫, 알았어."

황수인이 입맛을 다시며 슬쩍 시계를 보더니 리모컨을 켰다.

'주간가요 차트'가 시작될 시간이었기 때문이었다.

맥주를 마시며 황수인은 정미경과 함께 촬영에 관한 이런저런 이야기를 나누며 시간을 보냈다.

남자 주인공인 정석준의 연기력에 대한 이야기부터 감독, 그리고 스태프들과 앞으로 촬영될 장면까지 화제로 삼으며 맥주를 마셨다.

하지만 정미경은 알고 있었다.

황수인의 마음은 이미 텔레비전 속으로 들어가 있다는 것을.

이윽고 사회자의 멘트가 점점 빠르게 바뀌더니 1위곡을 발표하는 시간이 다가왔다.

영상 속에서 이병웅의 모습이 나타났는데 관객들의 비명 소리가 장난이 아니었다.

"하아, 나쁜 놈이지만 정말 잘생겼네. 쩝, 마음 너그러운 내가 인정할 건 인정해야지."

정미경이 오징어를 씹으며 말을 하다가 화면에 시선이 고정된 황수인의 표정을 살폈다.

그녀는 이병웅이 나타난 순간부터 눈동자 하나 움직이지 않은 채 화면을 지켜보고 있었다.

'헤어진 후'가 1위에 확정되고 활짝 웃으며 사람들의 축하를 받은 이병웅의 모습이 보였다.

그런 후, 모든 조명이 꺼지고 오직 이병웅의 모습을 비추는 불빛만 남자 황수인의 입에서 침 넘어가는 소리가 들렸다.

두 사람은 클로즈업된 이병웅의 모습을 보며 노래에 귀를 기울였다.

이미 수없이 들었던 노래.

'헤어진 후'는 가사까지 달달 외울 정도로 많이 들은 노래였지만, 막상 이병웅이 기타를 치며 노래를 부르자 그 맛이 달라졌다.

절절하게 피어오르는 감정.

노래가 진행될수록 그녀들의 가슴도 감정의 기복에 따라 점점 심하게 움직였다.

그리고 마지막 순간.

클로즈업된 화면에서 보인 이병웅의 눈물.

주르륵 떨어지는 눈물이 조명에 비춰지며 반짝이는 이슬처럼 보였다.

"수인아, 재 울어. 울고 있어!"

정미경이 너무 놀라 황수인의 손을 붙잡았다.

그러나 황수인은 울고 있는 이병웅의 모습을 바라본 채 움직이지 않았다.

이미 그녀의 눈은 습기로 가득 차 있었는데 옆에서 떠드는 소리조차 듣지 못할 정도로 충격에 빠져 있는 것 같았다.

이병웅이 흘린 눈물.

오랜만에 모습을 드러낸 이병웅의 눈물은 또다시 인터넷을 초토화시켰다.

그냥 텔레비전에 나와 노래를 불렀다는 것만으로도 당연히 실검 1위는 그의 것이었으나 이병웅에 대한 눈물의 여파까지 합쳐지자 팬들은 초미의 관심을 보이며 그에 대한 기사에 시선을 집중시켰다.

"이병웅, 그가 흘린 눈물의 의미는 무엇인가?"

"슬픈 이별의 기억, 그에게는 가슴 아픈 이별이 있었다."

"남자의 슬픔, 노래에 담긴 아픈 기억. 그리고 영롱했던 그의 눈물."

쏟아지는 언론 보도의 제목은 자극적이었다.

제목은 자극적이었지만 기사의 내용은 '주간가요 차트'에 나와 노래를 불렀던 이병웅의 모습과 눈물 흘리는 장면을 설명하는 것이 대부분일 뿐 특별한 건 없었다.

기자들이 벌 떼처럼 달려들었지만 이병웅이 방송을 끝내고 바람처럼 사라진 후 나타나지 않았기 때문이었다.

취재를 할 수 있어야 사실 여부를 확인할 텐데 이병웅의 종적은 그 어디서도 찾을 수 없었다.

*　　　*　　　*

"병웅아, 너 어디야. 새끼야!"

"귀 떨어진다. 살살 말해."

"3일 동안 어디 있다가 지금 전화를 해. 우리가 얼마나 걱정했는지 알아? '창공'의 김윤호 사장이 너 때문에 20번도 더 전화를 했어."

"김 사장님하고는 내가 통화했다. 기자들 귀찮아서 도망쳤어. 너도 알다시피 내가 기자들 노이로제가 있잖아."

"어이구, 지랄. 그럼 뭐 하러 가수를 하니. 그냥 투자나 하며 탱자탱자 놀기나 할 것이지."

"재밌잖아."

"노래 부르는 건 재밌고 기자들은 싫다고. 이 새끼야. 유명해진 스타와 기자는 떼려야 뗄 수 없는 관계라는 거 몰라?"

"야, 잔소리 그만하고 오늘 저녁에 이쪽으로 와."

"이쪽 어디?"

"PKF 호텔."

"호텔?"

"그래 호텔, 오늘 내 생일이잖아. 그러니까 조촐하게 파티나 하자. 내가 호텔식으로 죽여주게 준비해 놓을 테니까 몸만 오면 돼."

"알았어. 너 꼼짝하지 말고 기다려!"

*　　　　*　　　　*

홍철욱과 문현수, 그리고 정설아가 호텔에 도착한 것은 오후 6시 30분이었다.

화려한 외관의 PKF 호텔은 내부로 들어서자 더욱 화려하게 빛났다.

이태리 대리석을 온 곳에 처발랐고 중앙 로비에 걸린 샹들리에는 남산만 하게 컸다.

이 호텔은 무궁화 5개짜리 최고급 호텔로 외국의 귀빈들이 올 때 자주 이용하는 곳으로 유명했다.

스타들이 가끔 호텔을 이용한다는 소릴 들었지만 막상 친구 놈이 호텔에서 초청하자 얼떨떨함을 숨기지 못했다.

프런트에서 방 번호를 대자 지배인이 아무것도 묻지 않고 기다린다며 올라가란 말을 했다.

미리 이병웅이 손을 써 놓은 것 같았다.

방에 들어와 홍철욱과 문현수는 대뜸 이병웅의 목을 조르며 헤드록을 걸었다.

괘씸한 놈.

3일 동안 속을 썩인 걸 생각하면 이 정도 고문은 당연한 일이다.

정말 많이 차렸다.

룸서비스로 들어온 음식이 고급 레스토랑에서 본 것보다 훨씬 더 훌륭했다.

*　　　　*　　　　*

“나 진짜 궁금해서 그런데 너 3일 전 텔레비전에 출연했을 때 왜 운거냐?”

식사를 끝내고 마련된 술자리에서 홍철욱이 도저히 궁금해 못 참겠다는 듯 물었다.

그의 질문에 다른 사람들의 시선이 집중되었다.

정설아와 문현수 역시 궁금했기 때문이다.

“말해야 돼?”

“괜히 신비한 척하지 말고 솔직히 말해. 언론에 나온 것처럼 애절했던 사랑 기억 때문에 울었다는 건 절대 믿지 않으니까 뻥칠 생각 하지 마. 우리가 널 모르겠어. 여자를 사귄 적이 없는데 무슨 가슴 아픈 이별을 하냐고!”

“그거 재밌던데. 데일리 스포츠의 기사. 과거 목숨처럼 사랑했던 사람이 있었다. 그런데 뮤직비디오처럼 병에 걸려 어쩔 수 없이 이별을 했다. 뮤직비디오는 이병웅의 실제 이야기를 그린 한 편의 추억이었다.”

“놀고 있네.”

“까불지 말고 빨리 말해. 왜 울었어?”

“병웅 씨, 나도 궁금해 죽겠어. 오랜만에 방송 나간 병웅 씨가 우는 바람에 지금 난리가 났잖아. 도대체 왜 운거야?”

이병웅이 대답을 하지 않고 추측 보도에 관한 말을 하자 세 사람이 동시에 고함을 질렀다.

만약 이번에도 말을 하지 않으면 분노의 주먹을 마구 날릴 기세였다.

그랬기에 이병웅은 엉거주춤 엉덩이를 뒤로 민 채 방어 자세를 취했다.

"사실, 나도 내가 왜 운 건지 잘 몰라. 아마, 노래를 부르다 보니 감정이 격해진 것 같아."

"그게 말이 돼!"

"진짜야. '헤어진 후'는 정말 슬픈 곡이잖아. 특히 마지막 소절은 지닌 감정을 전부 쏟아붓기 때문에 나도 모르게 눈물이 흘러나왔어."

"어이구, 노래에 혼을 담으셨다?"

"그런 거지."

"하아, 이걸 믿어야 해. 말아야 해."

홍철욱이 입맛을 다시며 의심스러운 눈으로 이병웅을 째려봤다.

하지만 옆에서 이야기를 듣고 있던 정설아는 그럴 수도 있다는 듯 고개를 끄덕거렸다.

"철욱 씨, 가수들은 노래에 감정을 이입하면 특별한 순간에 눈물을 흘리곤 해. 나도 콘서트에 갔을 때 김현호가 우는 걸 봤어."

"누나는 언제나 병웅이 편이지."

"정말이야. 진짜 봤어."

"알았어. 알았다고. 그래도 이건 너무했어. 저놈이 흘린 눈물 때문에 대한민국이 발칵 뒤집어졌잖아."

"한국뿐이냐. 다른 나라도 지금 난리 났어."

"그게 병웅 씨 책임이야?"

"그럼 누구 책임인데?"

"워낙 사람들이 병웅 씨를 좋아하니까 생긴 일이잖아. 그나저나, 병웅 씨 눈물 동영상이 불과 3일 만에 조회 수 3천만을 기록했어. 사람들 반응이 대단해. 방송 영상인데도 한편의 슬픈 영화를 보는 것 같았다며 계속 반복해서 본대."

"이런 기록이면 얼마나 올라갈지 모른다더라."

"대박이지, 응. 완전 대박이야."

이유가 어쨌든 대박은 사실이다.

방송에서 눈물을 흘린 후 '헤어진 후'는 하루 종일 라디오에서 흘러나오고 있었다.

더군다나 유튜브의 조회 수가 폭발적으로 올라갔는데 그 숫자가 하루에 천만씩 뛰고 있는 상황이었다.

이병웅은 정설아와 친구들이 입에 거품을 물면서 떠드는 걸 보며 조용하게 웃었다.

난 이런 게 좋다.

내가 예상한 대로 세상이 굴러간다는 게 통쾌하고 즐겁다.

영악하다고 말하지 마.

인간은 자신의 이익을 위해 행동하는 존재들이니까 나를 너무 욕하지 않았으면 좋겠어.

*　　　　*　　　　*

이병웅의 인기와는 달리 사회는 급격하게 무너져 내리기 시작했다.

주식의 폭락은 그 끝을 알지 못할 정도로 거듭되었고 환율의 상승도 무서울 정도였다.

이런 기세라면 한국은 금방이라도 국가부도 사태를 맞을 것만 같았다.

최철환 교수에게서 전화가 온 것은 그와 만난 후 보름이 지났을 때였다.

갑작스러운 콜.

최철환 교수는 과천에서 주로 상주하다시피 했는데 오늘 이병웅을 부른 곳은 그의 연구실이었다.

"어서 와. 너 때문에 또 한 번 난리가 났더라."

"가수가 인기 있으면 좋은 거죠."

"휴우, 정말 넌 엉뚱한 놈이다. 네 인기가 미국에까지 넘어간 모양이야. 나하고 아주 친한 토머스 교수가 네 이야기를 하더라. 내가 그 친구에게 너를 칭찬한 적이 있었거든."

"아, 예……."

"그건 그렇고. 드디어 특사 파견 일정이 잡혔다. 다음 주, 월요일 출발이야."

"미국 측에서 우리 측 요청을 받아들였나요?"

"아니, 일단 막무가내로 가는 거다. 가서 연준 쪽하고 컨텍을 해야지. 윌리엄스 교수에게 특별히 부탁을 해놨어. 연준 쪽과 무조건 연결시켜 달라고."

"정부 쪽에서 많이 망설였겠네요."

"그 친구들… 망설였지. 오지 말라는데 꾸역꾸역 찾아가서 홀대받는 짓을 누가 좋아하겠어. 하지만 그들은 공무원들이잖아. 가고 싶지 않아도 가야 되는 사람들이야."

"그렇죠."

"너도 내가 겨우 특사 명단에 넣어 놨다. 하지만 꼭 같이 다닐 필요는 없어."

"교수님도 가시나요?"

"당연히 가야지. 윌리엄스 교수한테 부탁한 사람이 난데 안 갈 수가 있나. 나는 이번 일에 최선을 다할 거다. 이번 일에 대한민국의 운명이 달렸으니 손이 발이 되도록 사정해 볼 생각이다."

최철환 교수가 말을 끝내며 깊은 숨을 들이마셨다.

안색은 어두웠고 저번보다 얼굴은 더욱 야윈 것 같았다.

"다음 주 월요일이면 5일 남았군요. 그렇다면 저 먼저 출발하겠습니다. 그렇지 않아도 제 친구가 미국 출장을 가게 되었거든요."

"그렇게 해. 어차피 공무원들은 네가 합류하는 걸 극도로 반대했으니 같이 있으면 분위기가 이상할 거야. 내가 뉴욕에 도착해서 전화할 테니 그때 일정을 맞추면 돼."

"알겠습니다."

*　　　　*　　　　*

2008년 9월15일.

리먼브러더스가 뉴욕 남부지방법원에 파산보호를 신청했다는 소식이 전해진 후 대한민국의 경제는 본격적으로 휘청이기 시작했다.

금융기관의 유동성 상황이 심상치 않다는 루머가 시장에 급속히 확산됐고 국가의 디폴트 위험을 나타내는 한국 크레디트 디폴트 스왑레이트(CDS)가 급상승하면서 헤지펀드와 같은 투기적 세력뿐 아니라 장기적인 투자자로 알려진 연기금들조차 한국매물을 공매도(Short Sale)하기 시작했다.

환율이 미친 듯이 뛰었다.

900원대에 머물던 환율은 1,350원을 돌파한 후 계속 상승을 하는 중이었다.

이대로라면 한국은 1998년처럼 외환 위기에 빠져들 수밖에 없는 상황.

유일한 타개책은 오로지 미국과의 통화 스와프뿐이었다.

*　　　　*　　　　*

갑작스러운 이병웅의 출장 소식에 정설아와 친구들의 표정이 이상하게 변했다.

정부에서 통화 스와프를 위해 특사가 파견되는데 따라간다는 이병웅의 설명이 전혀 이해되지 않았기 때문이었다.

"네가 거길 왜 가. 난 도대체 이해가 안 되네. 그런 건 정부 사람들이 알아서 하는 거잖아. 공무원이 그런 거 하라고 국민들이 세금 내는 거 아냐?"

"넌, 인마. 유명한 가수야. 거대 사모펀드의 주인이기도 하지만 근본적으로 네가 낄 자리가 아니라고 생각해. 네가 뭔데 국가 일에 오지랖을 떨어. 괜한 일에 나섰다가 정부 사람들한테 미움이라도 받으면 어쩔래. 만약 그 사람들한테 찍히면 '제우스'가 힘들어질 수도 있어!"

"맞아, 병웅 씨. 아무리 생각해도 이건 아닌 것 같아. 개인이 국가 일에 끼면 어려운 일이 많이 생겨. 국가 일은 국가 일을 하는 사람들한테 맡기는 게 좋아."

처음엔 얼떨떨한 표정을 짓던 친구들과 정설아가 극렬하게 반대하기 시작했다.

당연히 이해되는 일이다.

나서지 않는다고 해서 이병웅이 피해 볼 일은 전혀 없었다.

가수로서도 그렇고 투자가로서도 마찬가지다.

아니 오히려 한국이 망하는 상황까지 몰리면 이병웅과 '제우스'는 더 커다란 기회를 얻을 수 있다.

투자라는 건 언제나 그래.

극과 극으로 치달을 때 투자자는 최대의 성과를 얻는 법이니까.

그러나 이병웅은 그들의 반대를 끝까지 들으며 잠자코 있다가 두서없는 이야기가 끝나자 천천히 입을 열었다.

"맞아, 내가 뭐 그리 잘났다고 국가 일에 나서겠어. 가수면 가수답게 노래나 하고 투자가 입장에서는 돈만 벌면 되는데. 안 그래?"

"우리 말이 그 말이다."

"그런데, 니들. 그리고 누나. 옛날 IMF 겪어 봤잖아. 그때 누나도 엄청나게 힘들었다며? 나도 그랬어. 아버지가 몇 달 동안 월급을 못 받아 오는 바람에 매일 라면으로 끼니를 때웠어. 나중에는 라면만 봐도 구토가 나오더라. 하지만 진짜 슬펐던 건 나와 가장 친했던 친구와 헤어졌단 거야. 그때 그 친구 아버지는 사업이 부도가 나면서 자살을 했어. 그래서 그 친구는 학교를 그만두고 시골로 내려갔지. IMF 때처럼 외환 위기가 오면 그런 슬픔들이 수도 없이 생겨. 옛날처럼 멀쩡했던 회사가 부도날 거고 기업들은 구조 조정의 칼날을 들이밀어 가장들을 길거리로 내몰 거야."

"그렇다고 해서 네가 나설 이유는 없잖아. 너는 유명한 가수야. 한국 최고의 스타라고!"

"스타면 못 본 체해야 돼?"

"끄응."

"난 무척 이기적인 사람이야. 너희들이 생각하는 것보다 훨씬. 그렇지만 이건 경우가 달라. 나라 전체가 망하게 생겼는데 나는 괜찮다고 구경이나 하고 싶지는 않아."

"병웅아, 도대체 네가 가서 할 수 있는 게 뭐가 있어. 네가 천재라도 통화 스와프는 정치력으로 결정되는 거야. 아무리 유명해도 네가 할 수 있는 건 없다고!"

"있어. 그러니까 가려는 거지."

"미치겠네."

최철환 교수가 어떤 사람인지 여기 있는 모든 사람들이 너무나 잘 안다.

그가 통화 스와프를 위한 특사팀에 포함되면서 이병웅을 데려간다는 사실을 들었지만 아무리 생각해도 이해가 되지 않았다.

이병웅의 정체는 가수로 알려졌을 뿐이다.

최근 무섭게 성장한 거대 사모펀드 '제우스'의 주인이 이병웅이란 건 아무도 모른다.

증권가에선 신화를 써 내려가는 '제우스'의 신비함이 전설처럼 떠돌고 있었지만 그들 역시 '제우스'의 정체에 대해서는 아는 것이 없었다.

그런 상황에서 가수가, 국가의 운명이 달린 일에 나선다는 게 이해될 리 없다.

그들을 바라보는 이병웅의 시선은 조금씩 뜨겁게 변하고 있었다.

너희들은 내 능력을 모르니까 그런 소릴 하는 게 당연해.

하지만 나에겐 너희들이 모르는 비밀이 있어.

"미국과의 통화 스와프가 안 되면 우리나라는 진짜 망해. 그래서 간다. 내가 가진 모든 능력을 동원해서 반드시 이뤄질 수 있도록 만들 거야."

제24장
통화 스와프

정두영이 운전하는 차를 타고 홍철욱과 함께 공항으로 갔다.

이병웅은 언제나 특별한 경우가 아니면 얼굴을 가리지 않았기에 공항으로 들어서자 사람들이 몰리기 시작했다.

홍철욱이 탑승 수속을 하는 동안 이병웅은 팬들에게 사인을 해 줬고 같이 사진도 찍어 주었다.

끝이 없는 인파의 행렬이었으나 이병웅은 조금도 귀찮아하는 표정을 짓지 않았다.

서로 먼저 사진을 찍기 위해 소동이 벌어질 때도 정두영이 가로막는 걸 손으로 만류하며 최대한 많은 사람들이 함께할 수 있도록 했다.

"여러분, 죄송하지만 제가 탑승을 해야 할 시간이 되었네요. 더 같이하고 싶지만 이젠 어쩔 수 없을 것 같아요. 죄송합니다."

정중하게 인사를 하고 탑승장 쪽으로 이동하는 이병웅을 향해 사람들의 박수가 쏟아졌다.

아직 사진을 찍지 못한 사람들이 안타까운 표정을 숨기지 못했으나, 그들은 이병웅이 인사를 하고 돌아서자 아낌없이 박수를 쳐 주었다.

나름대로 최선을 다한 스타에게 주는 사랑의 박수였다.

*　　　*　　　*

비지니스석을 타 봤는가.

비싼 놈은 이코노믹보다 2배 이상 비싼데, 비지니스석은 의자의 크기부터 다르고 다리를 쭉 뻗을 수 있는 여유 공간이 충분하다.

다시 말해 돈 있는 자들의 전유물이란 뜻이다.

있는 자들의 세상.

세상은 언제나 이렇게 불평등해서 없는 자들은 있는 자들의 특권을 부러워하며 살아갈 수밖에 없다.

이병웅은 홍철욱의 제의로 가장 마지막에 비행기를 탔다.

미리 타면 모든 사람들의 이목을 집중시켜 자신이 견딜 수 없다는 이유였다.

놈은 사람들의 시선을 받으면 닭살이 솟는다고 엄살을 부렸다.

트랩을 올라 비행기로 들어서자 입구에서 승객들을 마중하는 스튜어디스의 모습이 보였다.

이병웅이 올라오는 걸 본 그녀의 얼굴에서 혼란스러움이 묻어났다.

매일 텔레비전 광고를 통해 나오는 얼굴.

최근에는 가요 프로그램에서 눈물을 흘려 나라를 들썩이게 만든 장본인이었으니 몰라보는 게 더 이상하다.

그럼에도 그녀는 다가오는 이병웅을 바라보며 확신을 못하는 것 같았다.

사전에 이병웅이 탑승한다는 걸 몰랐던 게 분명했다.

어쩌면 당연하다.

항공사의 VIP 명단에 등록조차 되지 않았고, 다른 스타들처럼 귀빈들만 이용하는 특별 게이트 대신 일반 게이트를 이용했으니 승무원들이 모르는 건 당연한 일이었다.

"안녕하세요."

"아… 예. 모시게 되어 반갑습니다. 티켓을 보여 주시겠어요?"

티켓을 내밀자 그녀의 입에서 기어코 신음 소리가 흘러나왔다.

티켓에 담겨 있는 이름.

그 이름란에는 이병웅이란 영문 이름이 정확하게 박혀 있었기 때문이었다.

"혹시… 가수 이병웅 씨가 맞나요?"

"아닌 것처럼 보이나요?"

"어머머… 어머. 어쩌면 좋아. 어쩌면 좋아."

그녀의 얼굴이 놀람과 반가움으로 붉게 물들었고 당황함에 젖어 좌석 안내조차 하지 못했다.

그녀의 반응에 안에 있던 스튜어디스가 무슨 일인가 다가왔다.

하지만 그녀의 행동도 손님들을 마중하던 스튜어디스와 별반 다르지 않았다.

그랬기에 이병웅은 빙그레 웃으며 슬며시 입을 열었다.

"자리 안내해 주셔야죠."

"아, 죄송합니다. 너무 놀라서 그만… 저를 따라오세요."

스튜어디스를 따라 안으로 들어가자 비지니스석에 타고 있던 사람들의 시선이 일제히 쏟아져 들어왔다.

비지니스석이라 봐야 기껏 20석도 되지 않으니 단숨에 모든 사람들의 얼굴이 눈으로 들어왔는데, 그중 창가에 앉아 있는 선글라스 낀 여자가 유독 눈에 띄었다.

참 재밌네.

우연일까, 아니면 인연일까.

이런 곳에서 그녀를 만날 줄은 꿈에도 생각하지 못했다.

*　　　*　　　*

"언니, 나 심장 떨려서 죽는 줄 알았어."

"너만 그런 줄 알아? 나는 다리가 후들거려 서 있기도 힘들었어."

비지니스석을 담당하면서 이병웅을 제일 먼저 마중했던 이은혜가 하소연을 하자 뒤늦게 다가왔던 윤소연이 맞장구를 쳤다.

이병웅이 누구란 말인가.

'헤어진 후'가 빅 히트를 하면서 일본과 중국, 동남아시아, 심지어 미국까지 휩쓸고 있는 대한민국 최고의 빅 스타를 직접 보게 되자, 그녀들은 비행기가 출발한 후 한쪽에 모여 앉아 가슴을 쓸어내리며 소감문을 작성했다.

재밌는 건 이코노믹 쪽을 담당하는 스튜어디스들이 전부 한 번씩 다녀갔다는 것이었다.

이유?

그거야 당연한 거 아니겠나.

꿈속에서조차 만나고 싶었던 이병웅이 비행기를 탔으니 그녀들은 안전 고도에 접어들자 지체 없이 달려와 얼굴을 확인한 후 돌아가며 이은혜와 윤소연을 향해 부러움을 숨기지 않았다.

"오늘 진짜 대박이다. 우리나라 최고의 스타가 둘이나 동시에 타다니 완전히 횡재했어."

"황수인은 미리 타는 걸 알았지만, 이병웅 씨는 어떻게 된 거야? 탄다는 정보가 전혀 없었잖아."

“내가 아까 부기장님한테 들었는데, 이병웅 씨는 VIP로 등록하지 않았대.”

“헐!”

“그런데 언니, 정말 눈부시게 잘생겼다. 그렇지?”

“그걸 말이라고 하니. 피부가 완전 아기 피부야. 어쩜 남자가 저렇게 피부가 고울 수 있니?”

“화장품 광고 봤잖아. 완벽한 몸매. 크… 식스팩.”

“침 닦아라. 흘리겠다.”

“헤헤……. 언니야, 우리 뉴욕까지 가는 동안 잠은 다 잤다.”

“당연하지. 이병웅 씨가 탔는데 자는 게 말이 돼. 난 저 사람 코 고는 장면까지 전부 지켜볼 거야. 우씨… 아, 지금도 떨려.”

* * *

황수인은 창밖을 바라보다 웅성거리는 소리에 자연스럽게 시선을 돌렸다가 그녀 쪽으로 걸어오는 이병웅을 바라보며 자신도 모르게 입을 벌렸다.

뭐지, 저 사람?

어이가 없어 시선조차 돌리지 못했다.

저 사람이 왜 여기로 오는 거지?

막바지 촬영을 위해 미국으로 향하는 길이었다.

마지막 장면은 뉴욕에서 촬영하는 것으로 계획되어 촬영 팀은 3일 전에 전부 넘어간 상태였다.

이병웅을 본 순간 가슴이 철렁 내려앉았다.

혹시, 저 사람. 내가 미국에 간다는 걸 알고 같은 비행기에 탄 거 아닐까?

물론 그럴 리 없다.

그럼에도 그런 생각이 머리를 휘저어 몸이 경직되는 걸 막을 수 없었다.

이병웅은 다가오며 가볍게 목례만 한 후 일행과 함께 자신의 자리에 앉았는데, 그녀가 앉은 곳과 대각선으로 마주 보이는 자리였다.

"환장하네. 재가 왜 여길 들어와?"

"쉬잇… 언니 목소리 낮춰. 들리잖아."

"기가 막혀서 그렇지. 우릴 따라올 리는 없고 미국에 볼일이 있나?"

"그렇겠지."

"우와… 참 이상해. 아무리 생각해도 이상해."

"뭐가?"

"왜 자꾸 엮이는 건데? 미국에 볼일이 있어도 왜 하필 우리가 탄 비행기냐고?"

"가서 따져 봐. 왜 자꾸 따라다니는지 물어보면 되겠네."

"정말 그래 볼까?"

정미경이 엉덩이를 들썩이자 황수인이 놀라며 급하게 그녀의 어깨를 잡았다.

물론 장난이었겠지만, 황수인의 얼굴은 이미 사색으로 변해 있었다.

"정말, 언니는 못 말려."

"호호……. 우리 수인이 놀리는 재미가 나는 제일 좋아."

"쳇, 그만해. 사람들이 들어."

황수인이 목소리를 최대한 낮춘 채 속삭였다.

지금까지 대화도 서로에게 들릴 정도로 작았지만 마지막 말은 정말 극도로 작았다.

그녀가 들어올 때 승객들의 반응은 대단했다.

대한민국 최고의 미녀 스타를 본 승객들의 시선은 한 번에 멈추지 않았고, 수시로 다가오는 중이었다.

승무원의 비행 안내가 끝나고 이륙한 후 안전 고도에 접어들 때까지 황수인은 창밖을 바라보며 깊은 생각에 잠겼다.

우연, 인연?

이런 곳에서 저 사람을 다시 만나다니.

저 사람은 왜 그저 목례만 하고 알은체를 하지 않았을까?

나는 너무 반가웠는데.

비록 프로그램의 콘셉트에 맞춰 데이트 한 거였지만, 하루란 시간을 같이 보냈고 많은 이야기를 나누었어.

그럼 반갑게 다가와 인사를 해야 되잖아.

혹시 승객들 눈 때문에 그런 걸까?

그렇구나. 그럴 수도 있겠어.

별별 생각이 머릿속을 휘저으며 그녀의 시선을 가로막았다.

창밖에는 푸른 창공이 펼쳐지고 있었으나 그녀의 눈에는 아무것도 들어오지 않았다.

가슴은 정신없이 콩닥거렸지만 그럼에도 먼저 다가가 인사할 수는 없다는 생각이 들었다.

먼저 다가간 것은 방송에서 보여 준 것만으로 충분해.

그게 내가 보여 줄 수 있는 내 정성의 한계였어.

그때, 이병웅이 자리에서 일어나는 게 느껴졌다.

시선은 창밖을 보고 있었지만 모든 감각이 그쪽으로 쏠려 있었으니 금방 알아챌 수 있었다.

시선을 돌리지 않았다.

자신을 모른 체한 이상 자존심에 상처받는 짓을 절대 하고 싶지 않았다.

* * *

"저기, 혹시 저와 자리를 바꿔 주실 수 있나요?"

"예?"

"수인 씨와 이야기할 게 있어서요. 부탁드립니다."

화장실 가는 줄 알았던 이병웅이 다가와 말을 하자 정미경이 놀란 눈으로 황수인을 쳐다봤다.

어쩌지, 어쩌면 좋지?

머리가 열심히 굴러다녔다.

마치 돌 굴러가는 소리가 들릴 정도로 열심히.

매니저의 입장에서 본다면 절대 자리를 바꿔 주면 안 된다.

이곳은 공개된 장소이고, 이병웅과 황수인이 옆자리에 앉아 이야기를 나눈다면 금방 소문이 나게 될 것이다.

그렇게 되면 자신은 소속사 사장한테 박살이 날 것이고, 사태가 커질 경우 어쩌면 잘릴지도 모른다.

하지만 정미경은 황수인의 눈을 확인한 후 한숨을 길게 흘리며 자리에서 일어났다.

5년이란 긴 시간을 같이해 왔으니 이젠 눈만 봐도 어떤 생각을 하고 있는지 알 정도다.

그 눈빛은 만약 자신이 자리를 비켜 주지 않으면 오히려 황수인이 이병웅의 자리로 갈 수 있다는 걸 말해 주고 있었다.

*　　　*　　　*

"우리 오랜만이네요."

"그래요. 오랜만이에요."

"촬영 때문에 가는 건가요?"

"마지막 촬영을 뉴욕에서 해요. 일주일 동안 촬영 스케줄이 잡혀 있어요. 그런데… 병웅 씨는 어쩐 일로 가는 거죠?"

"저는 놀러 가요. 뉴욕에 친구가 있어서."

"그렇군요."

황수인이 가만히 고개를 끄덕였다.

이제 호구조사가 끝났으니 본론을 이야기할 차례다.

"미안하다는 말을 못 했어요. 그래서, 늦게나마 미안하단 말을 하고 싶어서 왔습니다."

"뭐가요?"

"그때 나가지 않은 거."

"아, 그거 신경 쓰지 마세요. 단순히 방송 콘셉트에 불과한 거였잖아요."

무심하게 대답했다.

마음속으로는 수없이 묻고 싶었으나 그녀는 아무것도 아니라는 듯 시크하게 대답하고 말았다.

얼마나 궁금했던가.

그래, 방송 콘셉트로 만난 사이에 불과했다. 그럼에도 그가 나오지 않았을 때의 충격은 그 어떤 것보다 컸었다.

"그렇게 생각해 주니 고맙습니다."

"뭘요. 당연한 거잖아요."

"촬영 때문에 미국까지 가는 걸 보니 영화배우도 힘든 거군요. 이번 영화가 판타지물이라면서요?"

"맞아요. 지구가 멸망한 세계에서……."

이병웅의 질문에 황수인이 조곤조곤 영화의 내용에 대해 설명해 주었다.

그녀가 말을 할 때마다 이병웅은 연신 감탄사를 흘리며 이야기를 경청했기에 처음엔 건조했던 황수인의 목소리가 조금씩 커져갔다.

"그럼 이번 뉴욕에 가는 건 마지막 전투 장면을 찍기 위해서

네요?"

"감독님 이야기로는 막대한 CG 비용이 들어간다고 했어요. 촬영은 뉴욕 한복판에서 하는데……."

계속되는 질문에 황수인은 마지막 촬영 장면에 대한 이야기로 한참을 보냈다.

주고받는 대화.

이병웅은 그녀가 말을 할 때마다 궁금한 점을 물으며 대화를 끊임없이 이어 나갔다.

마치 그때처럼.

그녀와 찍었던 데이트 장면에서도 이병웅은 지금처럼 그녀가 쉬지 않고 말을 할 수 있도록 유도했었다.

"어쩌다 보니 내 얘기만 했네요. 그때도 그랬는데. 병웅 씨는 여자가 계속 말하게 만드는 재주가 있나 봐요."

"그럴 리가요."

"그럼 이제 내가 질문할게요. 나도 병웅 씨한테 궁금한 게 많거든요."

"말씀해 보세요."

"친구들이 전부 궁금해해요. 그때 방송에서 노래 부를 때 왜 울었어요?"

"꼭 말해야 되나요?"

"정말 궁금해요. 나도 그때 따라 울었단 말이에요."

"정말 울었어요?"

"그럼요. 병웅 씨 모습이 너무 처연하고 불쌍해서 나도 모르게 그만……."

황수인이 말꼬리를 흐리며 이병웅의 얼굴을 바라봤다.

그러다, 가슴이 쿵 하고 내려앉았다.

어느샌가 그의 눈이 방송에서 본 것처럼 변해 있었기 때문이었다.

더없이 슬픈 눈빛으로.

"언론에서 말한 것과 달리 전 누군가를 사랑해 본 적이 한 번도 없었어요. 아주 오랜 시간을 혼자 외로이 살아왔습니다. 그 이유는 제가 불치병을 앓고 있었기 때문이었어요."

"불치병이라뇨?"

"언론에서 보도한 내용은 사실이에요. 저는 몇 년 전까지 흉측한 눈병을 가진 사람이었습니다."

이병웅이 자신이 살아온 시간들은 조용하게 이야기했다.

언론에서 특종이라며 떠들었던 이병웅의 외모에 관한 보도는 '창공' 쪽의 강력한 로비와 사진의 부재로 인해 슬그머니 사라졌지만, 한동안 화제가 되었다.

"어머… 어머……."

이야기를 조용히 듣던 황수인의 입이 점점 벌어졌다.

그런 후 기적적으로 눈병을 고쳤다는 말을 하는 순간 비명소리가 흘러나왔다.

"한 번도 사랑을 해 보지 못한 남자. 제가 방송에서 흘렸던 눈물은 사랑의 감정조차 가져 보지 못했던, 내 삶의 불행에 대한 슬픔 때문이었어요. 병을 앓을 때 여자들에게 겪었던 정신적인 충격이 머릿속에 각인처럼 새겨져 아직도 난… 누군가를 사랑할 자신이 없어요. 그래서, 수인 씨를 만나러 나가지 못한 겁니다. 아름다운 당신이 혹시라도 나로 인해 상처받을까 봐……."

이병웅은 비행하는 동안 황수인과 많은 이야기를 나누었다.

그녀가 살아온 인생, 그리고 그의 인생에 대해서.

뉴욕에 도착해 헤어지는 순간이 다가왔을 때, 이병웅은 환한 웃음을 지은 채 그녀가 떠나는 것을 지켜봤다.

다시 만나자는 약속도 하지 않았고, 그녀에 대한 감정조차 전혀 드러내지 않았다.

아쉬움이 묻어나는 그녀의 얼굴.

자신 역시 그랬다.

그러나 절대 표정에서 그런 기색을 떠올리지 않은 채 담담하게 보내주었다.

그녀는 자신과 어울리지 않는 사람이다.

내 인생은 밀애로 인해 언제부턴가 감정보다 이성이 모든 것을 좌우하는 차가운 사람으로 변해 버렸다.

그녀는 착하다, 그리고 자신은 나쁜 남자다.

마음이 착한 사람은 그렇게, 따뜻한 마음을 지닌 사람과 어울려야 한다.

*　　*　　*

뉴욕에 도착해서 홍철욱은 정설아가 미리 준비해 둔 대로 차곡차곡 '제우스'의 지부 설립 절차를 밟아 나갔다.

그동안 이병웅은 그와 따로 움직여 뉴욕 연준의 인사들에 대한 정보를 수집했다.

어떻게?

그건 간단하다.

연준에서 근무하는 여자들과 매일 저녁 식사를 하면서 뉴욕 연준 고위 인사들의 성향과 고급 정보들을 전부 얻어 낼 수 있었다.

미안한 마음은 전혀 없다.

나는 그녀들에게 저녁을 사 줬고, 그 어떤 데이트보다 황홀하고 아름다운 시간을 선사했으니 충분한 보상을 주었다.

* * *

최철환 교수에게서 전화가 온 것은 약속한 월요일 오후였다.

렌터카를 몰고 공항으로 나가자 게이트 옆에 있는 최철환 교수가 혼자 서 있는 게 보였다.

"교수님, 왜 혼자세요?"

"협상 팀은 먼저 호텔로 갔어. 난 널 기다리느라 남았고."

"일단 타세요."

복잡한 공항을 벗어나 시내로 향하는 동안 최철환 교수는 그가 부재 시에 벌어졌던 일들에 대해 설명해 주었다.

암담한 상황.

환율이 1,400원을 넘었고 매일 5%씩 상승하는 중이었는데, 벌써 수십 개의 기업들이 그 사이 신규로 넘어갔다는 것이었다.

더 무서운 건 기업들이 계속 넘어지면서 은행의 유동성이 고갈되고 있다는 점이었다.

"이대로 가면 은행은 한 달을 못 버틴다. 지금 은행들은 대출을 회수해서 유동성을 확보하느라 안간힘을 쓰고 있지만 얼마 버티지 못할 거야."

"큰일이군요. 미국 측은 어떻습니까?"

"여전해. 협상 팀을 아예 만나 주지 않겠다고 하는 바람에 오지 못할 뻔했어. 김시웅 차관이 노력해서 일단 내일 미 재무부 인사와 만나기로 약속은 되었지만, 아무래도 쉽지 않을 것 같구나."

예상한 대로다.

한국이야 무조건 버티고 기다리면 어쩔 수 없이 만나 주는 경우가 있지만 미국의 문화는 다르다.

사전 약속이 없다면 미국의 인사들은 아예 쳐다보지도 않는다.

"누굴 만나기로 했습니까?"

"토니 라이언, 재무부 차관보야."

"우리 측 정부 대표는 누가 왔죠?"

"기재부의 김시웅 차관, 한은 쪽에서는 이광주 부총재가 왔어. 이번에 정부도 끝장을 볼 생각이야. 그들은 이번 일에 목숨을 걸었어. 안 되면 리키 하인스 재무부 장관한테 쳐들어갈 계획이라고 하더라."

"쉽게 응할까요?"

"목숨까지 걸었다고 했잖아. 그들이 안 만나 주면 사무실 앞에서 농성까지 감행할 거야."

"참, 불쌍하군요. 그런 정신으로 미리 움직였다면 훨씬 쉽게 일이 풀렸었을 텐데요."

"그러게 말이다."

"교수님, 어디로 모실까요?"

"일단, 협상 팀이 있는 힐튼으로 데려다 줘. 그리고 너도 가서 인사해야지?"

"알겠습니다."

최철환 교수와 함께 힐튼호텔에 도착해서 협상 팀이 있는 비즈니스 룸으로 올라갔다.

이번에 온 정부 인사는 김시웅과 이광주를 포함해서 모두 합해 7명.

그 중에는 TF팀에서 인사했던 이창래 국장도 보였다.

최철환 교수와 함께 문을 열고 들어서자 서류를 앞에 놓고 회의를 하고 있던 사람들의 시선이 몰려왔다.

미리 이병웅이 합류할 것이란 사실을 알고 있었음에도 그들의 눈에는 껄끄러움이 묻어나왔다.

한국 최고의 인기 가수였으나 일반인들과 다르게 그들은 전혀 그를 반기지 않았다.

그럼에도 이병웅은 그들을 향해 정중하게 고개를 숙여 인사를 했다.

"이병웅입니다."

"실물로 보니 훨씬 잘생겼군. 일단 앉아요."

김시응 차관이 손짓으로 빈자리를 가리켰다.

그나마 다행이다.

그들의 태도로 봤을 때 문전박대를 걱정했는데, 자리까지 앉으라고 내준 게 얼마나 다행인가.

한동안 앉아서 회의 내용을 지켜보다 저절로 한숨이 흘러나왔다.

미국을 설득하기 위한 전략들이라고 가져온 게 너무나 한심했기 때문이었다.

일단 상대부터 잘못 골랐다.

미국의 통화 스와프는 FOMC(미 연방 준비 위원회) 소관인데 재무부 인사를 만난다는 것 자체가 얼마나 우스운 일이란 말인가.

"말씀 중에 죄송하지만 제가 한 말씀 드려도 될까요?"

"뭡니까?"

토의를 하던 사람들의 눈이 일제히 이병웅에게 몰려들었다.

여전히 불신하는 시선.

일개 가수가 국가의 중대사에 끼어든다는 걸 허락하는 게 그들에게는 자존심에 상처받는 일인지도 모른다.

"통화 스와프는 FOMC 고유 업무입니다. 미국의 재무부 인사와 접촉하는 것은 효과가 미미할 뿐만 아니라, 오히려 우리 쪽에 역효과가 생길 가능성이 큽니다."

"우리도 그 정도는 알고 있소. 하지만 연준 쪽 인사가 철저하게 면담을 거절했기 때문에 일단 재무부 인사를 만나려는 것이오. 그런데… 역효과라니?"

"미 재무부는 금융 쪽과 밀접한 연관이 있습니다. 그들과 회의를 하면서 우리나라의 속사정을 말해 준다면 금융 쪽으로 정보가 흘러들어 갈 우려가 큽니다. 잘 아시겠지만 미국의 금융 세력은 우리나라가 나락으로 떨어지는 걸 바라는 자들입니다."

"그래서, 지금 우리보고 뉴욕까지 날아와 약속된 면담을 하지 말란 뜻입니까?"

"다른 루트를 찾아야 한다는 걸 말씀드리는 겁니다."

"다른 루트, 어디?"

"연준 쪽, 윌리엄 더들리 연준 부총재와 면담을 주선해 보겠습니다."

"지금… 그거 정말이오?"

"그렇습니다. 일단 내일 면담은 일정대로 추진하시죠. 그럼 그동안 제가 윌리엄 더들리와 면담 일정을 잡아 보겠습니다."

이병웅의 말에 김시웅과 이광주를 비롯해서 협상 팀의 입이 떡 벌어졌다.

갖은 노력을 다 했음에도 성사되지 않았던 면담.

그 면담을 이병웅이 주선하겠다고 나서자 협상 팀의 어두웠던 얼굴에서 희미한 희망이 생겨났다.

물론 윌리엄 더들리와 면담한다고 해서 통화 스와프가 결정되는 것은 아니었으나, 그렇게만 되어도 일말의 가능성이 생기기 때문이다.

* * *

제시카는 와인을 마시며 뉴욕의 야경을 감상했다.

화려한 뉴욕의 야경은 세계 3대 야경을 자랑하는 프랑스보다 오히려 그녀에게는 더 아름답고 고귀해 보인다.

식탁에는 방금 떠난 국무부 차관 레이 포세의 흔적이 고스란히 남아 있었다.

그녀가 오늘 레이 포세를 만난 것은 시리아로 전투기를 판매하기 위한 사전 조율을 위한 것이었다.

시리아 정부에서는 그녀에게 미국 정부를 설득하여 전투기를 판매하게 해 달라고 부탁하며 거액의 커미션을 제안했다.

이번에 시리아 쪽으로 납품하는 F—16 전투기 8대의 총비용은 1억 5천만 달러, 그중 0.1%의 커미션을 받기로 했으니 이 일만 성사되면 150만 달러가 수중으로 들어온다.

레이 포세는 그녀의 제안에 콜한 상태였기 때문에 일은 성사된 것이나 다름없었다.

미국 정계의 최고 로비스트 제시카 한나.

나이 35세로 일각에서는 그녀가 10년 전부터 로비스트로 활동했다고 전해진다.

빛나는 미모.

더불어 화려한 언변과 깔끔한 매너, 그리고 전혀 드러나지 않도록 사업을 처리하는 완벽함.

캠프리지를 졸업한 재원이었으며 정치, 경제뿐만 아니라 웬만한 군사 전문가 빰칠 정도의 군사 정보력, 문화와 예술까지 모르는 게 없을 정도였고, 영화 감독들이 스카우트를 제의할 정도로 아름다운 외모까지 겸비했다.

미국에서는 그녀를 두고 IML(Incomprehensible Mystery Lady)이라 불렀다.

어떤 불가능한 미션도 완벽하게 처리하는 전설적 로비스트가 바로 그녀의 정체였다.

남아 있는 와인 잔을 천천히 들어 올렸다.

반대 쪽에서 화려한 조명을 뿜어내는 엠파이어 스테이트 빌딩의 거대함을 바라보며 그녀는 와인의 쓴맛을 혀끝으로 굴렸다.

슬쩍 바라본 시계는 벌써 10시 반을 가리키고 있었다.

이제 일어날 시간.

내일 아침에는 중국의 거대 그룹 '챠오'의 부회장과 약속되어 있었는데, 미국 진출의 교두보를 마련하기 위해 상무부 쪽과 연결을 원하고 있었다.

빌딩에 두었던 시선을 거두고 자리에서 일어날 때 반대쪽에서 한 남자가 그녀를 향해 다가오는 것이 보였다.

움직임을 멈췄다.

멈추고 싶어서 멈춘 게 아니다. 그냥 본능적으로 몸이 굳었다는 게 올바른 표현인 것 같다.

로비스트를 하면서 수많은 사람들을 만나 봤지만, 다가오는 남자처럼 강렬한 존재감을 뿜어내는 사람은 본 적이 없다.

"미스 제시카?"

"누구시죠?"

"저는 이병웅이라고 합니다. 코리아에서 당신을 만나기 위해 온 사람입니다."

"코리아?"

"그렇습니다. 아름다운 당신을 만나기 위해 2만 킬로미터를 건너 왔죠."

"가만, 당신이 이병웅이라고요!"

미소를 짓고 있는 이병웅을 바라보며 제시카의 입에서 놀람이 튀어나왔다.

점점 커지는 눈.

그녀도 본 적이 있었다.

너무나 아름답고 너무나 슬펐던 한편의 뮤직비디오를.

그 뮤직비디오를 보면서 남자 주인공이 전해 주던 고통과 슬픔으로 인해 그녀는 깊은 인상을 받았다.

동양의 신비로움과 매력을 동시에 가지고 있던 주인공의 얼굴.

그 얼굴이 그녀의 앞에 서 있는 것이다.

"당신, 한국에서 가장 유명한 가수 맞죠?"

"저를 아시나요?"

"이런 자리에서 만나게 될 줄은 정말 몰랐네요. 그런데 당신 같이 유명한 사람이 나를 왜 찾아온 거죠?"

"앉아서 이야기할까요?"

"아, 미안해요. 앉으세요."

"먼저 왔던 분이 계셨던 것 같군요. 어떠십니까, 자리를 정리하고 다시 와인을 시키고 싶은데?"

"저와 술을 마시고 싶단 말인가요?"

"당신 같이 아름다운 분과 그림처럼 아름다운 야경을 배경삼아 술을 마신다면 평생 잊지 못할 추억이 될 것 같아요."

"목적이 뭔지 모르겠지만, 그 멘트는 꽤나 로맨틱하네요."

제시카의 손이 올라갔다.

그런 후 다가온 웨이터에게 빈 그릇을 치우고 자리를 다시 세팅해 달라는 주문을 했다.

그녀는 노련했다.

잔에 와인을 따라 주는 손끝은 전혀 흔들림이 없었고, 이병웅을 바라보는 시선은 부드러웠으나 직선적이었다.

"막상 보니 정말 잘생겼어요. 뮤직비디오에서 본 것보다 훨씬. 특히 당신 눈, 정말 매력적이에요."

잔을 부딪치며 와인을 마신 그녀가 미소를 지으며 입을 열었다.

미국 여자답게 전혀 위선이 담겨 있지 않은 직설 화법이었다.

"당신도 마찬가지인데요. 들은 것보다 훨씬 아름다워요."

"누구한테 어떤 소리를 들었죠?"

웃음이 담긴 눈, 그러나 그 눈은 끊임없이 이병웅을 탐색하고 있었다.

전설의 로비스트답게 그녀는 눈앞에 불쑥 다가온 남자의 목적이 무엇인지 먼저 알고 싶어 하는 것 같았다.

"특정 인물을 말할 수는 없어요. 왜냐하면 당신에 대해 알기 위해 수많은 사람들을 만났거든요."

"호호… 이름을 불렀다는 건 내 정체를 알고 왔다는 뜻이죠?"

"그렇습니다."

"내 정체를 아는 사람은 극히 드물어요. 그러니까 수많은 사람들을 만났다는 당신 말은 거짓말이에요."

"나는 거짓말을 하지 않습니다. 그만큼 당신을 만나기 위해 노력했다는 정도로 이해해 주시면 고맙겠습니다."

"좋아요. 그럼 사업 때문에 날 찾아왔다는 건데… 본론부터 이야기해요. 왜 날 찾아온 거죠?"

"현재 뉴욕에는 한국의 통화 스와프 협상 팀이 와 있습니다. 그들과 윌리엄 더들리의 면담을 성사시켜 주세요."

"연준 부총재!"

"당신이 그와 상당히 친밀한 관계라고 알고 있습니다."

"통화 스와프 협상 팀이라면 환율 안정을 위해 달러가 필요하단 뜻이죠?"

"그렇습니다."

"가수가 이런 일에 나서다니 이해되지 않네요. 당신이 왜 이런 일에 나선 거죠?"

"저도 협상 팀의 일원이니까요?"

"한국이 어렵긴 어려운 것 같군요. 당신 같은 사람까지 동원한 걸 보면."

"가능하겠습니까?"

이병웅의 질문에 제시카의 얼굴에서 웃음이 사라졌다.

워낙 어려운 미션이다.

아무리 그녀가 훌륭한 로비스트라 해도 금융 세력들이 엮여 있는 야수들의 세계에는 가급적 발을 담그지 않았다.

금융 세력들은 워낙 치밀하고 악독해서 자신들의 이익에 위배되는 자들은 결코 살려두지 않기 때문이다.

그렇기에 그녀는 이병웅을 바라보며 미안한 표정을 지었다.

"그분은 저도 만나기 어려운 분이에요. 더군다나 현재 상황으로 봤을 때 그는 절대 한국 협상 팀을 만나려 하지 않을 거예요."

"당신이 모든 역량을 동원한다면?"

"제가 왜 그래야 하죠?"

"반드시 그래야 하니까!"

이병웅은 호텔로 돌아와 창밖을 바라보며 생각에 잠겼다.

제시카는 전력을 다해 윌리엄 더들리와의 면담을 주선하게 될 것이다.

'밀애'에 당한 이상 의심의 여지가 없다.

문제는 윌리엄 더들리가 과연 협상팀의 요청을 받아들일지의 여부다.

물론 중간에서 제시카가 원활한 협상을 위해 약을 치겠지만, 윌리엄 더들리는 미국의 금융 세력들과 밀접한 관계를 맺고 있는 자였다.

일본이 곤경에 처한 미국을 제치고 한국을 집어삼키기 위한 욕심을 부렸지만, 미국의 금융 세력들은 그리 호락호락한 자들이 아니다.

세계에서 가장 커다란 은행 JP모건이 위기에 처했다는 보도는 어디서도 찾아볼 수 없다.

그 의미는 메이저들이 지금의 위기를 눈치채고 수렁에서 미리 발을 뺐다는 걸 알려 주는 것이었다.

어쨌든 부딪쳐 봐야 한다.

윌리엄 더들리는 통화 스와프에 대한 권한을 쥐고 있는 자였으니, 자신이 구상해 온 협상 전략을 총동원해 볼 생각이었다.

* * *

예상했던 것처럼 재무부 차관보 토니 라이언과의 면담은 아무런 진전조차 이루지 못하고 끝났다.

처음부터 전혀 생산성 없는 만남이었다.

그는 통화 스와프에 대한 권한이 전혀 없는 자였으니 한국의 상황을 떠보기 위해, 또는 생색을 내기 위해 나왔을 가능성이 컸다.

이병웅은 침통한 표정을 짓고 있는 협상단을 향해 다가갔다.

그들은 오후에 있었던 면담을 마치고 호텔로 돌아왔는데, 망연자실한 표정을 짓고 있었다.

불쌍한 사람들.

이국땅에서 아무것도 할 수 없는 무력감에 빠진다는 건 정말 고통스러운 일이다.

"차관님, 조만간 연준 부총재 윌리엄 더들리와의 면담이 잡힐 겁니다."

"정말이요?"

"그렇습니다. 며칠 내로 연락이 올 겁니다."

"도대체 어떻게… 정부에서 그리 노력해도 안 된 일을 하루만에 성사시켰단 말이오?"

"아직 확정된 건 아닙니다. 하지만 상당한 가능성이 열렸습니다."

"정말 궁금해서 견딜 수 없군. 도대체 어떻게 윌리엄 더들리와 면담을 할 수 있단 말입니까?"

"미국 최고의 로비스트 제시카 한나를 통해 의뢰했습니다."

"제시카 한나!"

그녀의 이름이 이병웅의 입에서 흘러나오자 다른 사람들과 달리 김시웅 차관과 이창래 국장의 얼굴이 하얗게 변했다.

기재부에서 30년을 일해 오며 대미 협상을 자주했던 그들은 제시카 한나의 명성을 익히 알고 있었던 것이다.

"그녀를 쓰기 위해서는 어마어마한 커미션이 필요하다고 하던데… 혹시 그녀를 알고 있었소?"

"아닙니다. 저는 그녀를 미국에 와서 처음 만났습니다."

"허어, 그럼 어떻게?"

"커미션을 준다고 약속했습니다. 일만 성사된다면 백만 달러를 주는 걸로 계약했습니다."

"백만 달러!"

김시웅의 입에서 고함 소리가 터져 나왔다.

백만 달러면 현재 환율로 계산할 경우 무려 14억이었다.

단순히 사람 하나 만나게 해 주는 비용으로 본다면 어마어마한 금액이었다.

"도대체 왜 그런 약속을 한 거요. 우리와 상의도 없이!"

"저는 무슨 수를 쓰든 윌리엄 더들리를 만나야 한다고 생각했습니다. 그 돈이 아까우신가요. 설마, 나라가 망할 판에 그 돈이 아까우신 건 아니겠죠?"

"이런 건방진!"

"돈이 문제가 아니라고 생각했습니다. 그리고 정부에서 로비 비용을 지불하지 못한다면 저라도 낼 생각이었습니다. 국민의 한 사람으로서 나라를 구할 수만 있다면 그 정도 희생을 할 수 있습니다. 그러니 저에게 큰소리치지 않으셨으면 좋겠습니다."

"으……."

고함을 치는 김시웅을 향해 이병웅이 강한 눈빛을 던졌다.

지금까지 협상단 앞에서 고분고분한 모습을 보이던 것과는 천양지차의 태도 변화였다.

그럼에도 김시웅을 비롯한 협상단은 아무 말도 하지 못했다.

국가를 위해 백만 달러란 거금을 개인 돈으로 지불하겠다는 이병웅의 각오가 그들의 입을 얼어붙게 만들었다.

그 모습을 보면서 속으로 웃었다.

받아낼 것이다.

난 국가를 위해 여기까지 날아왔으니 그 정도의 수고비는 받아내야겠어.

"제가 오늘 여기 온 것은 제 자랑을 하기 위함이 아닙니다. 윌리엄 더들리와 면담이 시작되면 우리 측의 전략을 말씀드리기 위해 온 거예요. 그러니, 제 의견을 들어 보시고 차관님께서 협상 시 참고하셨으면 좋겠습니다."

"전략까지 짰다고… 일단 들어 봅시다. 그게 뭡니까?"

"미국은 지금까지 기축통화국이 아니면 통화 스와프를 하지 않는다는 원칙을 고수해 왔습니다. 따라서, 우리와의 통화 스와프가 불가하다고 버틸 겁니다."

"그렇지, 그게 우리로서는 최대의 고민이요."

"최근, 미국 스스로가 그 원칙을 깬 일이 발생했습니다."

"원칙을 깼다고?"

"그렇습니다. 기축통화국이 아닌 호주와 덴마크와 통화 스와프를 체결한 겁니다."

"그런 일이 있었단 말이오. 그런데 왜 그 새끼들은 우리한테만……."

"극비리에 채결했으니까요. 차관님, 그 정보는 제시카한테서 나온 겁니다. 그러니 윌리엄 더들리에게 먼저 형평성을 주장해야 됩니다. 우리나라는 60년간 미국의 최우방국으로서 그 나라들보다 낮은 대우를 받을 이유가 없습니다. 경제 규모면으로 봐도 우리가 전혀 꿇릴 게 없단 말입니다."

"그렇지, 암 당연하고말고."

김시웅이 열심히 고개를 끄덕였다.

최고급 정보.

지금 이런 상황에서 비빌 언덕이 생겼다는 것만으로도 그의 얼굴이 활짝 펴졌다.

"그러나 쉽지 않은 게 따로 있습니다. 윌리엄 더들리는 다른 나라와의 형평성으로 압박하면 한국의 신용도에 대해 들고 나올 겁니다."

"그건 또 무슨 소리요?"

"한국은 이미 1998년 IMF에 구제금융을 신청한 전력이 있습니다. 물론 금방 되갚았지만 미국은 한국의 신용이 낮다는 이유로 거부할 가능성이 큽니다."

"이런, 젠장. 그렇게 나오면 뭐라고 설득하지?"

김시웅이 이젠 유치원에 다니는 꼬마가 선생님을 바라보는 것처럼 이병웅을 쳐다봤다.

워낙 일사천리로 협상 전략을 말해 나가는 이병웅의 강단에 기가 밀린 게 분명했다.

또한, 막상 그런 이유를 댄다면 뾰족한 방법도 떠오르지 않았다.

"통화 스와프의 금액을 300억 달러로 한정하십시오. 그 정도 금액은 우리나라 한 달 수출액밖에 되지 않습니다. 그러니 신용이 어쩌고 하면서 반대할 이유도 없죠."

"병웅 씨, 그 금액 가지고는 턱없이 부족해. 우리가 그 정도 얻어가려고 여기에 온 건 아니잖소. 지금 당장 필요한 달러만 해도 1,000억이 넘어. 아니, 어쩌면 그것 가지고도 부족할지 몰라요."

"충분합니다. 돈이 문제가 아니라 미국과 통화 스와프가 되었다는 사실 하나만으로도 환율 시장을 안정시킬 수 있습니다. 달러에 대한 불안은 기업과 국민들에게서 나오는 것입니다. 그러니 정부는 금액은 발표하지 않고 통화 스와프가 되었다는 사실만 발표하면 됩니다."

"어허, 어허!"

김시웅이 연신 신음을 흘리며 깊은 생각에 잠겼다.

정말 기발한 아이디어였고 획기적인 협상 전술이었다.

단박에 이병웅의 생각을 읽을 수 있었다.

그 또한 기재부에서 30년을 구른 베테랑이었으니 상황 판단이 금방 이루어졌다.

옆에 있던 이창래 역시 이병웅의 말을 듣는 순간, 자신의 무릎을 내려쳤다.

"차관님, 병웅 씨 생각이 좋은 것 같습니다. 300억 달러 정도라면 미국에서도 신용 어쩌고 하면서 반대하지 못할 겁니다."

"나도 그렇게 생각하네. 부총재님 생각은 어떠십니까?"

"저 역시 같은 생각입니다. 그 정도라면 미국이 거부하지 못할 것 같습니다."

수뇌부가 전부 감탄을 터뜨리며 동의를 하자 나머지 사람들의 얼굴에서 웃음이 떠올랐다.

퇴로를 꽉 막고 있던 철벽이 무너져 탈출로가 생겼다는 기쁨.

최철환 교수도 기뻤던지 슬그머니 대견하다는 듯 이병웅의 등을 두들겨 주었다.

그러나 이병웅은 웃지 못했다.

순진한 사람들.

이제 겨우 가능성이 열렸을 뿐인데도 이토록 좋아하는 걸 보면 정부의 협상 능력이 어느 정도인지 알만 했다.

자신이 협상 전략을 전해 주었지만, 결코 그것만으로 통화스와프가 이뤄지지 않을 것이란 판단이 들었다.

윌리엄 더들리가 연준 내에서 막강한 권한을 행사하는 인물이지만, 그 혼자 결정할 수 있는 일이 아니기 때문이다.

그리고 그의 등 뒤에는 금융 세력들이 있다.

만약 금융 세력들이 움직여 그를 압박한다면 아무리 훌륭한 전략을 구사하더라도 실패할 가능성이 있었다.

*　　　*　　　*

"어떻게 되었죠?"

"3일 후 3시, 연준 사무실에서 2시간 동안 면담을 하겠대요."

"고생했어요. 정말 고맙습니다."

이병웅이 진심에서 우러난 인사를 전하자 제시카의 얼굴 표정이 묘하게 변했다.

'밀애'의 효능은 저항할 수 없는 지배력을 생성시키지만, 그렇다고 사람의 이지까지 제압하는 건 아니었기에 제시카의 지금 상태는 정상인과 다름없었다.

"그냥 입으로만 때울 생각인가요? 난, 상당히 비싼 로비스트랍니다."

"원하는 게 뭐죠?"

"윌리엄을 설득시키기 위해 그동안 한 번도 쓰지 않았던 방법을 썼어요. 세상에서 제일 비싼 대가를 지불했단 말이에요. 그러니, 나는 웅당 병웅 씨한테 그에 상응하는 대가를 받고 싶어요."

"좋습니다. 대가를 드릴게요. 하지만 먼저 일의 경과부터 자세하게 얘기해 줘요."

"호호… 역시 철두철미하네요."

제시카가 웃으며 눈을 반짝였다.

그녀는 이병웅의 반응이 너무나 마음에 든 것 같았다.

"윌리엄에게 한국 협상단이 날아온 목적을 개략적으로 설명해 줬어요. 어떤 경로로 알고 있었는지 몰라도, 그는 이미 알고 있더군요. 처음에는 강하게 거부했지만 아까 말한 것처럼 그는 세상에서 제일 비싼 선물을 받은 후 면담을 허락했어요."

"나를 위해 너무 큰 희생을 치렀군요. 원하지 않았을 텐데……. 미안해요."

"아뇨, 난 당신을 위한 일이라면 어떤 것이라도 할 수 있어요. 그러니, 당신도 날 위해 달콤한 선물을 주세요."

* * *

그녀의 집은 맨하튼의 중심부에 있는 고급 빌라였다.

상류층들만 사는 곳.

빌라의 입구 전체가 이태리 대리석으로 치장되었고, 집안 곳곳이 화려한 장식품으로 그득했다.

그저 좋은 집이 아니라 각종 미술품과 예술품들이 절묘하게 배치되어 아름답다는 생각이 저절로 들 만큼 완벽한 집이었다.

"집이 훌륭하군요."

"저는 집을 꾸미는 걸 좋아해요."

"그럼 이게 전부 제시카의 작품이란 말인가요?"

"호호… 맞아요."

"대단하네요. 정말 멋진 집입니다."

"병웅 씨는 언제까지 뉴욕에 머물 거죠?"

"일이 끝나는 대로 돌아갈 생각이에요. 하지만 곧 다시 미국에 와야 해요. 다시 올 때는 한동안 있어야 된답니다."

"왜요?"

"학교에 다녀야 하거든요."

"병웅 씨가 학교에 다닌다고요? 대학?"

"펜실베이니아에서 공부하기로 예정되어 있어요. 그래서 한동안 미국에서 머물러야 해요."

"우와, 펜실베이니아는 경영 쪽이 세계 최고죠. 당신도 경영을 전공했다면서요?"

"그곳 윌리엄스 교수님의 가르침을 받을 겁니다."

"윌리엄스! 차기 뉴욕 연준의장으로 거론되는 그 윌리엄스 교수 말이에요?"

"당신이라면 알고 있을 거라 생각했어요."

"병웅 씨는 알면 알수록 대단한 사람이군요. 단순히 가수라고 생각했는데, 점점 상상의 범위를 넘어서는 사람이에요."

"나한테는 그 밖에도 남들보다 훨씬 뛰어난 것이 있답니다."

"뭐가 또 있어요?"

"여자를 행복하게 만들어 주는 능력. 지금부터 내가 당신한테 그걸 증명해 줄게요."

"호호… 엄청난 자신감!"

"난 거짓말을 못해요."

이병웅이 재미있다는 듯 웃는 그녀를 향해 다가갔다.

그런 후 허리를 낚아채 한 손으로 안고 천천히 그녀의 입술을 훔쳤다.

제시카는 자신을 안은 채 키스해 오는 그의 얼굴을 보며 살며시 눈을 감았다.

정신을 아득하게 만드는 뜨거운 기운.

집에 들어온 후부터 그의 몸에서 신비한 향이 뿜어져 나와 그녀를 혼미하게 만들었다.

세상에서 한 번도 맡아 보지 못한 은밀하며 오감을 자극하는 냄새였다.

그 향을 맡으며 저절로 몸이 뜨거워졌다.

대화를 하면서도 그녀는 뜨거워지는 몸을 식히기 위해 안간힘을 썼지만, 시간이 지날수록 몸은 그녀의 이성에서 벗어나고 있었다.

그런 와중에 다가온 그의 입술.

아…….

눈을 감은 채 그의 움직임에 몸을 맡겼다.

그의 손은 마법처럼 천천히 움직이고 있었는데, 그의 손길이 닿은 곳마다 백만 볼트 전류가 마구 피어났다.

아무런 말도 할 수 없었다.

아직 샤워조차 하지 않았고, 이곳이 거실이라는 생각은 그의 손길이 닿을 때마다 조각조각 산산이 부서져 허공으로 사라져 갔다.

*　　　*　　　*

윌리엄 더들리와의 면담일.

들어가고 싶었으나 들어갈 수가 없었다.

그와의 면담에는 협상단을 이끄는 김시응 차관과 이광주 한은 부총재만 참석이 허락되었기 때문이었다.

이병웅은 협상 전날부터 제시카와 함께 뉴욕 관광을 즐겼다.

어차피 들어가지 못하는 협상장에 미련을 둘 이유가 없는 이상, 쭈그린 채 시간을 허비하고 싶지 않았다.

제시카는 그와 함께 하는 시간이 얼마나 행복했는지 연신 웃음을 멈추지 못했다.

뉴욕에서 가장 유명하다는 명소들을 하나씩 방문하며 시간을 보냈다.

자유의 여신상, 센트럴파크, 덤보 등.

한번쯤 들어 봤던 곳들을 둘러본 두 사람은 마지막에 도착한 타임스퀘어 노상 카페에 앉아 커피를 시켰다.

"사람들의 모습이 활기차네. 세상은 인간의 탐욕으로 고통에 물들었지만, 이곳은 다른 세상 같아."

"아무리 세상이 어려워도 상위에 존재하는 사람들은 그렇지 않아. 병웅 씨도 그런 사람 중 하나잖아."

"그런가? 그렇기도 하겠네."

"그런 표정 짓지 마. 너무 매력적이라 키스하고 싶어진단 말이야."

이병웅이 쓴웃음을 지으며 광장을 향해 시선을 던지자 제시카의 얼굴이 살짝 상기되었다.

그런 그녀의 손을 이병웅은 부드럽게 잡아주었다.

"제시카, 뉴욕 월가에 아는 사람들이 많아?"

"모를 리가 없잖아. 내 직업이 그건데."

"그럼, 월가에서 제법 실력 있는 사람들을 구해 줘. 우리 회사가 뉴욕에 지부를 설치하는데 사람이 필요해."

"뉴욕에 회사를 차린단 말이야. 어떤 회사?"

"투자 전문 회사. 운용액은 15억 달러 정도 돼."

"우와, 병웅 씨 투자회사에도 다녀?"

"다니는 게 아니라 내가 만든 회사야. 회사 이름은 '제우스'라고 지었어."

"그게 무슨… 설마, 한국에서 기적의 수익률을 올렸다는 그 '제우스'를 말하는 거야?"

"제시카는 모르는 게 없네."

"정말 믿을 수가 없어. '제우스'의 주인은 알려지지 않았는데, 그게 병웅 씨라고!"

제시카의 얼굴이 노랗게 변했다.

신비한 매력을 지닌 동양의 남자. 한국에서 가장 인기 있다는 가수이자, 천재적인 두뇌의 소유자.

단지 그 정도만 가지고도 그를 만난 것이 너무나 즐겁고 놀라웠다.

그런데, '제우스'의 주인이라니…….

그녀의 정보에 들어온 '제우스'는 최근 엄청난 수익률을 올리며 무섭게 성장하는 한국 최고의 사모 펀드였다.

이런 하락장에서도 수익을 올리는 회사는 부지기수지만, '제우스'는 2년 전부터 은밀하게 시장에 파고들어 가히 전설적인 수익률을 올린 회사였다.

오죽하면 최고급 정보만 취급하는 그녀에게까지 들어왔을까.

"괜찮은 직원들을 채용하고 싶어. 성실하고 실력 있는 사람들이 필요해. 페이는 다른 회사보다 더 줄 테니 한번 알아봐 줘."

"그럴게. 그런데… 병웅 씨. 난 정말 놀라서 어떤 말을 해야 될지 모르겠어. 당신… 난 지금 너무 기가 막혀 머리가 텅 빈 것 같아."

"제시카, 난 당신이 필요해서 접근했지만 최선을 다해 행복하게 해 줄 생각이야. 그러니 당신도 날 위해 노력해 줘. 알았지?"

*　　　*　　　*

우려했던 일이 벌어졌다.

최철환 교수의 긴급 전화를 받고 호텔로 들어서자 협상단의 분위기가 무겁게 가라앉아 있었다.

그가 들어서자 김시웅 차관이 벌떡 일어나 반갑게 맞이했다.

이젠 그를 비롯해서 협상단 전체가 이병웅의 존재를 절대 무시하지 못했다.

"어떻게 되었습니까?"

"충분히 설명했네. 윌리엄 더들리는 우리의 통화 스와프 타당성을 인정했어. 더군다나, 300억 달러만 해 달라니까 꽤나 긍정적이더군."

"그런데 왜 표정이 안 좋은 거죠?"

"확답을 하지 않았어. 그 친구는 자기 혼자 결정할 수 있는 일이 아니라면서 회의를 통해 통보해 주겠다는 말을 남겼네. 그래서 불안해. 내 경험으로 봤을 때, 미국 놈들은 보통 이런 경우 안 되는 경우가 많았거든."

무슨 소린지 알겠다.

그럼에도 김시웅 차관이 불안해하는 건 단순히 기다려야 한다는 것에서 비롯된 게 아닐 것이다.

협상을 수없이 해 본 사람들은 회의장의 분위기만 봐도 다음에 벌어질 일을 추측할 수 있는 능력과 감각이 월등하다.

그런 면에서 봤을 때 윌리엄 더들리의 반응은 그리 호의적인 게 아니었다는 뜻이다.

"다음 면담일을 잡았습니까?"

"아닐세. 그는 우리 측의 요구를 받아들이지 않았네."

"그럼 그냥 기다리란 말만 했단 말이네요?"

"맞아. 기간도 정하지 않은 채 곧 답변을 주겠다는 말만 하고 우릴 내보냈어."

휴우.

한숨을 길게 뿜어냈다.

감이 좋지 않다. 윌리엄 더들리와의 면담을 통해 단박에 모든 것이 이루어질 거라 예상한 건 아니었지만, 협상의 물꼬를 틀 수 있을 것이라 생각했다.

일단, 물꼬가 트이면 협상을 해나가며 점점 진전시킬 수 있을 테니 줄 건 주고, 받을 건 받으면 된다.

하지만 후속 협상이 정해지지 않았다는 소릴 듣자 머릿속에서 경고들이 번쩍거리며 돌아갔다.

지금 이 순간도, 한국은 회사들이 무너져 내리며 경제가 최악으로 치닫고 있는 중이었다.

지금 자신을 향해 어쩌면 좋겠냐며 시선을 던지고 있는 김시웅 차관은 물론이고, 여기 있는 그 누구도 일을 타개해 나갈 능력이 없었다.

그랬기에 이병웅은 입술을 지그시 깨물며 결심한 듯 어렵게 말을 꺼냈다.

"제가, 다른 방법을 강구해 보겠습니다."

"어떤 방법. 혹시 제시카를 다시 쓸 생각인가?"

"아닙니다. 제시카의 효용은 거기까지가 한계입니다. 그들을 움직이기 위해서는 다른 방법을 써야 됩니다."

"그 방법… 말해 줄 수 있겠나?"

"나중에 결과가 나오면 말씀드리죠."

*　　　*　　　*

오랜만에 홍철욱이 묵고 있는 호텔로 돌아오자 친구 놈이 길길이 날뛰었다.

뉴욕에 도착한 후 하루 빼고 전부 외박을 했으니 충분히 그럴 만했다.

"이 새끼야. 난 네가 갱들한테 납치당한 줄 알았다. 전화도 안 받고 도대체 뭐 하다 기어들어 오는 거야!"

"일했지. 네 수고 덜어 주려고."

"거짓말하지 마라. 어디 가서 실컷 놀다 온 거 아냐? 한국 아니라서 네 얼굴 몰라본다고 오랜만에 자유를 누리다 온 얼굴인데?"

"눈치 빠른 놈."

"응, 내가 얼마나 외로웠는지 알아. 밤이면 혼자서 베개 붙잡고 고독과 씨름하느라 아침에 일어나면 눈물투성이였어. 이 의리 없는 놈아."

"일은 잘 진행돼 가?"

"서류 절차는 전부 마쳤다. 월가에도 사무실을 얻어놨고. 그런데 생각보다 싸더라. 워낙 빈 사무실이 많아서 그런가 쉽게 얻었어."

홍철욱의 설명은 이랬다.

월가 쪽은 뉴욕에서도 사무실 얻기가 하늘의 별 따는 것처럼 어려운데, 최근에는 상당수의 사무실이 텅 비어 있다는 것이었다.

리먼브라더스의 사태 이후, 수많은 사모 펀드가 파산하면서 월가 사무실의 30%가 비었다는 이야기였다.

"다행이네. 네가 열심히 돌아다니는 동안 나는 직원들을 스카우트하고 있었다. 3일 후, 너한테 전화가 올 거야. 그럼 그 사람을 만나."

"누군데?"

"제시카 한나. 미국에서 최고로 능력 있는 로비스트야."

"또 뻥치시네. 넌 날 놀리는 게 재밌니?"

"외로움에 지친 놈을 놀려서 뭐 해. 진짜니까, 가서 만나 봐. 능력 있는 인재들을 소개시켜 줄 거야."

"가만… 이름이 여자 이름인데, 그 사람 여자니?"

"응, 엄청 아름다워. 웬만한 영화배우들은 울면서 갈 정도로."

"허이구, 진짜 그랬으면 좋겠다. 나도 오랜만에 눈 호강 좀 하게."

"그 사람한테 진짜 성실하고 능력 있는 사람들을 소개해 달라고 했어. 연봉은 최고로 쳐준다고 했으니까 절대 깎지 마라. 능력 있는 직원들을 돈으로 보면 사업을 망치게 돼."

"얘 봐. 진짠가 보네."

"우리 철욱이, 그동안 외롭게 보냈으니까 오늘 저녁은 나랑 오랜만에 뉴욕의 밤을 즐겨 보자. 옷 입어. 너의 외로웠던 청춘을 화끈하게 풀어 줄게."

"흐으… 병웅아."

"응?"

"역시 날 생각하는 건 너밖에 없어. 사랑해."

*　　　*　　　*

다음 날, 이병웅은 호텔에서 늦잠을 잔 후 홍철욱과 점심을 먹고 천천히 렌터카를 몰고 '말바(Malba)'로 향했다.

말바는 화이트스톤 익스프레스웨이 동쪽에 위치한 고급 주택가로서, 뉴욕 퀸스와 브롱스를 연결해 주는 화이트스톤 브릿지를 직접 조망할 수 있었다.

이병웅이 차를 멈춘 곳은 이스트강변에서 얼마 떨어지지 않은 고급 주택이었다.

많이 망설였지만 결국 오지 않을 수가 없었다.

이왕 시작했으니 끝을 본다.

국가에 몸을 바친 군인이나 애국심으로 똘똘 뭉친 국뽕주의자는 아니었으나, 무너져 가는 한국을 그냥 두고 본다는 건 결코 하고 싶지 않았다.

"병웅아, 여긴 왜 온 거야?"

"일이 있어서."

"무슨 일?"

"중요한 일. 한참 기다려야 되니까 지루하더라도 참아."

"얼마나 기다려야 되는데?"

"5시간 정도?"

"미친놈아. 그 긴 시간 동안 뭐 하라고 여기서 기다리래. 이놈 아주 웃기네."

"네가 자릴 비우면 내 목숨이 위험해질 수도 있어. 그러니 반드시 여기서 기다려야 해."

"우와, 그거 협박이니?"

"협박 아니야. 한 3시간 정도는 아무 일 없을 테니까 저기 공원에 가서 구경이나 해. 이스트강 변이 뉴욕에서 가장 아름다운 곳이잖아."

"헐!"

"그런 다음, 여기서 대기하고 있다가 집 안에서 소동이 벌어지면 그때 나를 데리러 와. 알겠어?"

"미치겠네. 저기가 갱단 소굴이냐. 네가 왜 죽어?"

"말이 그렇다는 거지. 자, 난 간다."

이병웅은 차 문을 열고 나가 정면에 보이는 고급 주택을 향해 다가갔다.

한국의 아파트 문화와 다르게 미국은 개인 주택을 선호하는데, 특히 이곳은 입이 떡 벌어질 정도의 고급 주택이 줄지어 늘어서 있었다.

뚜벅 뚜벅.

고급 주택을 향해 걸어가며 크게 숨을 들이켰다.

마지막 수단.

커다란 고통이 온다는 걸 알지만, 그에게 남은 건 이 방법밖에 없다.

누군가는 그러겠지.

그렇게 한다고 알아주는 것도 아니고, 보상이 있는 것도 아닌데 돈도 많은 놈이 병신처럼 뭐 하는 짓이냐며 혀를 찰 것이다.

하지만 그 사람들은 모르는 게 있다.

인간에게는 반드시 뭔가를 선택해야 하는 순간이 있고 대부분의 사람들은 그 선택이 옳다고 결정되면 결국 행동으로 옮기게 된다.

현관으로 걸어가 초인종을 눌렀으나 한참 동안 아무런 반응이 없었다.

조용히 서서 기다렸다.

지금쯤 저택 안에서는 CCTV를 통해 방문자의 정체에 대해 의견을 주고받는 중일 것이다.

"누구세요?"

"낸시 여사를 만나러 왔습니다."

"약속이 되어 있나요?"

"의장님의 지시로 여사님께 물건을 전해 드리러 왔습니다. 잠깐이면 되니까 문 좀 열어 주시겠어요?"

또다시 이어진 침묵. 하지만 문이 열린 건 그리 오래 걸리지 않았다.

시간상 확인조차 하지 않았다는 뜻이다.

하긴, 그럴 만도 하다.

이곳 고급 주택가는 10분마다 경찰차가 순시를 하는 중이었고, 모든 주택을 감시할 수 있는 CCTV가 곳곳에 설치되어 있었다.

문을 열고 나온 사람은 가정부로 보이는 40대 여자였는데, 이병웅의 모습을 보자 입을 떡 벌렸다.

검은 정장에 하얀 와이셔츠를 받쳐 입은 이병웅의 모습은 여자의 입이 벌어지게 만들 만큼 완벽했다.

가정부의 안내를 따라 안으로 들어서자 건장한 남자 둘이 거실 한쪽에 서 있는 게 보였고, 중앙에 놓인 소파에는 60대의 노부인이 커피를 마시며 이병웅을 향해 시선을 던져왔다.

"영감이 뭘 보냈나? 곧 생일이 다가오니까 선물을 보냈어요?"

"여사님, 저는 한국에서 온 이병웅입니다. 의장님께서 보냈다는 건 사실이 아니에요. 제가 여사님을 만나 뵙고 싶어 거짓말한 겁니다."

주저 없이 '밀애'를 썼다.

여기서 망설였다가 자칫 일이 틀어진다면 낭패도 그런 낭패가 없으니 주저할 일이 아니었다.

낸시 여사의 한마디만 떨어지면 거실에 있는 사내들은 지체 없이 달려들 것이다.

물론 그게 두려운 건 아니다.

하지만 그렇게 될 경우 일이 망가질 수도 있었다.

"일단 앉아요. 그럼 선물은 없는 거야?"

"여사님께서 이 향수를 좋아하신다고 해서 준비해 왔습니다. 받아 주시면 고맙겠습니다."

"어머, 내 취향을 어떻게 알고… 고마워요."

이병웅이 불리 1803이 담긴 상자를 내밀었다.

불리 1803은 프랑스에서 만든 명품 향수로 낸시 여사가 즐겨 쓰는 것이었다.

그때부터, 이병웅은 소파에 앉아 낸시 여사와 이야기꽃을 피우며 시간을 보냈다.

'밀애'에 당한 낸시 여사는 시간이 지날수록 이병웅을 끔찍한 아들처럼 여겼는데 어린 시절부터 가수 생활까지 꼬치꼬치 캐물었고, 자신의 사랑 이야기와 남편에 관한 것들을 숨김없이 이야기했다.

얼마나 시간이 지났을까.

사내들 중 하나가 다가와 두 사람의 대화를 방해했다.

"여사님, 의장님 퇴근하셨습니다. 5분이면 도착하신답니다."

"알았어요……. 미스터 리, 우리 영감이 곧 도착한다는구먼. 저녁 준비 다 됐으니 같이 식사하고 가."

"그러겠습니다."

낸시 여사는 이병웅이 활짝 웃으며 대답하자 소파에서 일어나 현관문을 열고 밖으로 걸어갔다.

그 모습이 무척 자연스러웠는데, 남편이 퇴근하고 돌아올 때마다 마중을 하는 것 같았다.

이윽고, 문이 열리며 낸시 여사와 함께 60대 후반의 노인이 들어오는 게 보였다.

날카로운 인상, 적당한 몸집에 커다란 키.

직접 보게 되자 화면에서 본 것보다 훨씬 완고함이 묻어나는 얼굴이었다.

이병웅은 그가 들어서자 최대한 정중하게 허리를 숙여 인사를 했다.

이렇게 해도 된다.

목적을 위해 한 행동이 아니라, 이 시대를 살아가는 한 사람으로서 경제계의 거두를 향한 존경심의 표현이다.

세계경제의 심장. 기축통화인 달러를 한 손으로 좌지우지하는 절대자.

그의 정체는 바로 미국 연방 준비 위원회 의장 벤 버냉키였다.

버냉키 의장은 집 안으로 들어오다 이병웅이 서 있는 걸 확인하고 잠시 걸음을 멈추었다.

이런 경우는 처음이다.

낸시는 가급적 외부인을 집안에 들이지 않았는데, 소파의 탁자를 보자 찻잔이 보였고 과일이 담긴 접시까지 놓여 있었다.

"누구신가?"

"안녕하십니까, 의장님. 저는 한국에서 온 이병웅이라고 합니다."

"그런데?"

이병웅이 정중하게 다시 인사하자 버냉키의 코끝이 찡그려졌다.

이해할 수 없다는 표정.

그때 낸시 여사가 한 걸음 다가오며 급하게 입을 열었다.

"내가 초청했어요. 한국에 친한 친구가 있다고 했잖아요. 그 친구 아들이에요."

"당신이 언제?"

"아, 나이가 들어서 그러신가. 옛날에 한번 이야기했는데 그새 잊어버린 모양이시네."

"음……."

"얼른 씻고 나오세요. 식사하셔야죠."

낸시 여사의 말에 버냉키 의장이 고개를 갸웃거리다가 다시 걸음을 떼었다.

미국의 식사 문화는 한국과 완전히 다르다.

기본적으로 수프가 나오고 샐러드, 스테이크와 빵이 곁들여지는 게 보통이다.

이병웅은 낸시 여사가 식사를 같이하자는 제안을 받아들이고 먼저 식탁에 앉았다.

버냉키 의장이 나타난 것은 그가 식탁에 앉은 후 낸시 여사가 음식들을 식탁에 늘어놓았을 때였다.

뭔가 모를 압박감.

그 짧은 사이에 버냉키 의장은 이병웅의 정체가 결코 낸시 여사의 말처럼 간단하지 않다고 판단한 게 분명했다.

"한국에서 뭐 하는 사람이지?"

"저는 노래를 하고 있습니다. 하지만 작년까지는 S대 경영학과를 다닌 학생이었습니다."

"S대라면 한국에서 가장 유명한 대학 아닌가. 훌륭한 인재들만 가는 것으로 아는데?"

"부끄럽습니다."

"그것뿐만이 아니에요. 내년에 펜실베이니아로 공부하러 온대요. 윌리엄스 교수 아시죠? 그분이 제자로 받아들인다고 했다고 하네요."

"그 완고한 노인네가?"

낸시 여사의 설명을 들은 버냉키 의장이 새삼스러운 눈으로 이병웅을 바라봤다.

펜실베이니아가 주는 무게감은 결코 가볍지 않기 때문이다.

"윌리엄스 교수가 제자로 받아들일 정도면 대단한 친구구먼. 자, 들지. 우리 먹으면서 이야기하세."

"감사히 먹겠습니다."

목적이 있으니 음식이 제대로 먹힐 리 없다.

더군다나, 버냉키 의장은 계속해서 질문을 던져 왔기 때문에 이병웅은 포크를 한쪽에 내려놓고 기회를 봤다.

"의장님, 제가 궁금한 게 있습니다. 한 가지 질문을 해도 될까요?"

"말해 보게."

"혹시 윌리엄스 교수님으로부터 현재의 금융 위기에 관한 언질을 받은 적이 없습니까?"

"응?"

"양적 완화에 관한 것 말입니다."

"자네가 그걸 어떻게 알지!"

이병웅의 말이 떨어지자 버냉키 의장이 얼굴이 바짝 굳어졌다.

양적 완화에 관한 건 극비 중의 극비 사항이라 아직 정부에서도 연준의 움직임을 전혀 눈치채지 못하고 있는 상황이었다.

"그걸 윌리엄스 교수님께 제안한 것이 바로 저니까요."

"그런 말도 안 되는… 이보게, 그게 정말인가?"

"그렇습니다. 저는 경영학을 전공한 사람으로서 지금의 위기를 헤쳐 나갈 유일한 방법은 양적 완화밖에 없다고 생각했습니다. 당연히 부작용이 있겠지만 일단 위기를 극복한 후 경제가 회복되면 양적 긴축을 해서 유동성을 정상화시켜야 한다고 제안했습니다."

"어허, 어허!"

"알고 싶습니다. 의장님께서는 양적 완화를 시행하실 생각인가요?"

"그건 말해 줄 수 없네."

"저는 윌리엄스 교수님께 타개책을 말씀드리며 한 가지 부탁을 드린 적이 있습니다. 만약, 제가 제안한 방법을 연준에서 쓰게 된다면 한국과 통화 스와프를 해 달라는 부탁이었습니다."

"자네, 이곳에 그냥 온 게 아닌 것 같군. 우리 집사람의 친구

아들이란 것도 사실이 아니고. 그렇지?"

"그렇습니다. 저는 한국 통화 스와프 협상단의 일원으로 의장님을 찾아뵌 것입니다."

"나가게. 그런 자격으로 왔다면 우리 집에서 식사할 수 없네. 그리고 당신… 이게 무슨 짓이야!"

이병웅이 솔직하게 말하자 버냉키 의장의 안색이 달라지며 소리를 버럭 질렀다.

연준의 의장으로서 일과 관계된 사람이 자신의 집에 발을 들여 놨다는 사실이 무척 불쾌한 것 같았다.

하지만 이병웅은 꿈쩍하지 않은 채 이를 슬며시 악물었다.

이젠 어쩔 수 없다.

그 끔찍했던 고통이 두려웠으나 이병웅은 버냉키 의장을 향해 손을 내밀어 '밀애'를 쐈다.

이제 남은 시간은 30분.

사채왕에게 써 본 결과, 몸에 이상이 생긴 시간은 30분 전후였으니 최선을 다해 버냉키 의장의 머릿속을 자신의 의지로 채워야 한다.

"의장님, 미국은 세계 최강 국가이나 금융 엘리트들의 탐욕으로 인해 무너질 위기에 처했습니다. 그로 인해 이머징 국가인 한국은 지금 달러가 부족해서 기업들이 연쇄 도산하고 있으며 국가의 존망이 위태로운 상황입니다."

"그래서?"

"다시 한번 묻겠습니다. 연준은 양적 완화를 하실 겁니까?"

"으… 그럴 생각이네."

이병웅의 질문에 버냉키의 입이 어렵게 열렸다.

'밀애'에 당했기 때문에 발생한 일이다.

만약 밀애에 당하지 않았다면 그는 목숨이 끊어지는 한이 있더라도 극비 사안을 발설하지 않았을 것이다.

"그럼 약속을 지켜 주십시오. 한국인이 제시한 방법으로 위기를 넘길 수 있다면 당연히 저와의 약속을 지켜야 합니다."

"윌리엄스와의 약속이지만 그 아이디어를 쓰기로 했으니 약속을 지키는 게 맞겠구먼."

"더불어, 한국은 미국과 가장 밀접한 우방 국가입니다. 과거 1998년 미국의 금융 세력들로 인해 한국은 IMF 구제금융을 받은 후 최악의 고통스러운 시간들을 보냈습니다. 이번에도 그렇게 하고 싶어 하는 금융 세력들이 있다는 걸 압니다. 하지만 정의를 추구하는 위대한 미국이 또 같은 짓을 해서야 되겠습니까. 만약 이번에도 그런 일이 벌어진다면 한국은 미국을 영원히 원망하게 될 것입니다."

"그래서는 안 되겠지. 나도 알고 있네. 그 당시 우리나라 금융 엘리트들이 얼마나 못된 짓을 했는지 잘 알고 있어. 정말 미안하게 생각하고 있다네."

"미국은 호주, 덴마크 등 기축통화국이 아닌 나라들과 통화 스와프를 맺었습니다. 그런 이상 한국과도 통화 스와프를 맺어야 형평성에 맞습니다. 그러니, 의장님. 결연한 의지로 한국과 통화 스와프를 맺어 주십시오."

버냉키 의장의 눈을 응시하며 김시웅 차관에게 했던 말을 똑같이 반복했다.

그에게 이런 논리로 반대자들을 설득시켜 달라는 암시를 박아넣기 위해서였다.

그 이후로도 이병웅은 조목조목 미국이 한국과 통화 스와프를 맺어야 하는 이유들을 주입시켰다.

한국이 넘어질 경우 태평양 방어선이 흔들려 중국과 러시아의 연합전선 확대를 막을 수 없다는 주장과 경제가 망가지게 되면 미국 무기의 수입이 단절된다는 사실까지.

"자네… 대단하군. 젊은 나이에 대단해."

"죄송합니다."

"죄송할 게 뭐가 있나. 나라를 위해 이렇게 행동한다는 건 결코 쉬운 일이 아닐 텐데, 오히려 칭찬받아야지."

"그렇게 생각해 주시니 고맙습니다. 욱… 우욱!"

결국 시간이 되었다.

가슴에서 조금씩 피어나던 통증이 칼로 찌르는 것처럼 날카롭게 변하더니 점점 심해졌고, 결국 목구멍으로 뭔가가 치밀어 올라왔다.

급히 몸을 돌리며 식탁 쪽에서 멀어졌다.

솟구치는 피. 그리고 아득하게 멀어지는 정신.

고통을 참기 위해 이를 악물었으나 피는 끊임없이 목구멍으로 올라와 사방에 피를 뿌리게 만들었다.

버냉키 의장이 자리에서 벌떡 일어났고, 낸시 여사가 비명을 지르며 이병웅을 부축했다.

멀리 떨어져 있던 경호원들이 달려왔을 땐 이병웅의 몸은 축 늘어지며 정신을 잃어가고 있었다.

* * *

홍철욱은 날이 어둑해지자 준비했던 햄버거를 먹으며 저택을 바라봤다.

이병웅과 지내온 시간 동안 볼 거 못 볼 거 전부 보면서 살아왔지만, 한 번도 그가 터무니없는 일을 한 건 본 적이 없다.

그럼에도 무료해서 미칠 지경이었다.

아름다운 강변을 감상하며 5㎞나 따라 걸은 후 자동차로 돌아왔지만, 시간은 겨우 2시간이 지났을 뿐이었다.

그때부터 라디오를 틀어놓고 주구장창 기다렸다.

그러다 고급 승용차가 저택에서 멈추며 노신사가 들어가는 장면을 확인한 후 햄버거를 꺼냈다.

직감으로 이병웅이 기다리는 사람이란 게 느껴졌지만 아직도 뭘 하기 위해 여기 온 건지 알 수 없으니 답답할 뿐이었다.

그러던 한순간.

집안 쪽에서 시끄러운 소리가 들리며 경호원들이 부지런히 튀어나오는 게 보였다.

차 문을 열고 뛰어나갔다.

문제가 생기면 자신을 데리러 오라는 이병웅의 마지막 말이 떠올랐기 때문이었다.

무조건 달렸다.

경호원들의 행동이 삼엄했으나 홍철욱은 무조건 달려 저택으로 향했다.

지금은 이것저것 따질 때가 아니었다.

"무슨 일입니까?"

"함부로 접근하지 마시오."

"이 집으로 내 친구가 들어갔어요. 혹시, 안에서 무슨 일이 생긴 거 아닙니까?"

"비키시오. 여긴 아무도 들어갈 수 없어."

"이런 씨발, 좋아. 그럼 경찰에 신고할 거야. 내 친구가 집 안으로 들어가는 걸 내 눈으로 똑똑히 지켜봤는데 무슨 개소리야!"

홍철욱이 방방 뜨면서 핸드폰을 치켜들자 경호원들이 서로의 얼굴을 쳐다봤다.

워낙 강한 반발에 당황한 표정이었다.

그때, 문이 열리며 경호원의 등에 업혀 있는 이병웅의 모습이 보였다.

온몸이 피로 물든 모습이.

"야, 이 개새끼들아. 너희들 지금 재한테 무슨 짓을 한 거야!"

홍철욱이 달려들어 이병웅을 끌어안으며 비명을 질렀다.

마치 총에 맞은 것처럼 온몸이 피투성이였기 때문에 홍철욱의 얼굴은 하얗게 질렸다.

문에서 낸시 여사가 뛰어나온 건 홍철욱이 이병웅을 뺏기 위해 경호원과 실랑이를 하고 있을 때였다.

"이봐요. 갑자기 식사하다가 피를 토했어요. 당신 정말 이 사람 친구 맞아요?"

"그렇습니다."

"아무래도 위험한 거 같아 앰뷸런스를 부르려다 직접 병원으로 데려가려던 중이었어요. 그러니까 병원으로 빨리 가세요."

"갑자기 피를 토했다고요?"

의심스러운 표정을 풀지 못하고 소리를 지르던 홍철욱이 낸시 여사의 얼굴을 확인한 후 쿵쾅거리는 심장을 진정시켰다.

그녀의 늙은 얼굴에서 한 톨의 거짓말도 읽을 수 없었기 때문이었다.

하지만 그것보다 더 중요한 건 이병웅의 안전이었다.

"나한테 주세요. 내가 병원에 데려 가겠습니다."

* * *

어렸을 때의 나는 많이 외로웠었다.

친구들은 나를 경원했기 때문에 언제나 혼자 시간을 보내야 했다.

의사들조차 어쩌지 못하는 불치의 눈병.

그로 인해 나는 혼자 많이 울었고, 세상을 점점 냉정하게 바라보기 시작했다.

자라면서 겪었던 사람들의 차가운 눈은 여전히 낯설었고 여전히 견디기 어려웠다.

자신의 두뇌가 다른 사람들과 다르다는 걸 안 건 아주 어렸을 때부터였다.

한번 보면 잊어버리지 않았다.

각종 수학 공식들의 원리와 과학의 복잡한 이치들이 머리에 들어오면 실타래 풀리듯 술술 이해가 되었다.

천재, 그렇다. 나는 천재다.

내가 법대를 선택하지 않고 경영을 전공한 것은 실력이 부족해서가 아니라, 힘들게 살아온 부모님을 대신해서 엄청난 돈을 벌고 싶었기 때문이었다.

나에게 부모님은 세상의 전부였고, 유일한 내 편이었으며, 모든 추억의 원천이었다.

날 위해 수시로 눈물지었던 엄마.

그 엄마의 눈물이 없었다면 아마 자신은 천재적인 머리를 이용해서 나쁜 짓에 발을 들여놨을지 모른다.

부모님과 함께 했던 어린 시절의 행복했던 한때가 꿈으로 나타나 나를 미소 짓게 만들었다.

사람들은 어떤 불행 속에서도 행복했던 순간들이 존재한다.

나에겐 부모님과 있었던 시간들이 그런 순간들이었고, 그때의 나는 어느 누구보다 행복했다.

*　　　*　　　*

"으……."

눈을 뜨자 하얀 천장이 보였다.

신음이 입을 뚫고 새어 나왔으나 바짝 마른 입술에 막혀 제대로 된 소리를 만들지 못했다.

하지만 그 미약한 신음 소리에도 사람들의 반응이 나타났다.

"병웅아, 아이고. 이 새끼야!"

"병웅 씨, 괜찮아? 도대체 어떻게 된 거야!"

홍철욱과 제시카의 목소리였다.

그리고 그 뒤를 이은 음성.

"자네, 도대체 어떻게 된 건가. 왜 자네가 버냉키 의장 집에서 실려 나와!"

이번 목소리의 주인공은 최철환 교수였다.

아직 가슴은 통증으로 괴로운 상태였으나 이병웅은 눈을 뜨면서 일어나려고 애를 썼다.

과거의 경험상 분명히 며칠 동안 의식을 잃고 있었을 것이다.

궁금했다.

다른 생각은 나지 않았고 오직 통화 스와프의 진행 상황이 궁금해서 미칠 지경이었다.

"교수님, 통화 스와프는… 어떻게 되었습니까?"

"이 친구… 오늘 협상단이 버냉키 의장을 만나러 연준으로 들어갔네. 갑작스럽게 면담을 하자고 하더군. 우린 차마 신청조차 하지 못했는데, 그분이 직접 전화를 걸어오셨네."

"…다행이네요."

"이제 말해 봐. 자네 거기서 무슨 짓을 한 거야. 왜 그분이 직접 전화를 해서 협상단을 만나자고 한 건가?"

아무도 모르는 비밀을 간직하고 있다는 건 꽤 많은 불편함과 외로움을 수반한다.

끝없는 질문에 이병웅은 어색한 변명으로 일관했다.

아무리 뛰어난 두뇌를 지니고 있어도 상식에서 벗어난 세상일을 설명하기에는 여기저기 허점이 발생할 수밖에 없다.

"낸시 여사를 예전부터 알고 있었습니다. 그분께 부탁해서 버냉키 의장을 만났고, 한국의 상황을 설명하면서 통화 스와프를 해 달라고 간청했습니다."

설명한 내용은 많다.

하지만 이병웅의 말은 이런 논점에서 벗어나지 않은 채 버냉키 의장을 만난 배경을 만들어 냈다.

피를 토하고 쓰러진 건 지병이라고 우겼다.

과거에도 이런 상황이 있었다며 대수롭지 않은 일이니 걱정하지 말라고 사람들을 진정시켰다.

최철환 교수를 비롯해서 홍철욱과 제시카는 이병웅의 변명을 들으며 아무런 반문을 하지 않고 생각에 잠겼다.

이곳에 있는 모든 사람들은 전부 천재들이다.

그런 사람들이 이병웅의 변명에 대해 곧이곧대로 믿을 리 있겠나.

그럼에도 더 이상 반문을 하지 않은 건 이병웅의 상태와 현재 벌어지고 있는 놀라운 변화 때문이었다.

과연, 이병웅은 무슨 수로 버냉키 의장을 설득시킬 수 있었을까?

세계 정치와 경제의 흐름은 누구 한 사람의 힘으로 어쩔 수 없는 경우가 대부분이다.

국가가 나서도 해결되지 않는 일이 한 사람의 힘으로 실마리를 찾았다는 건 결코 쉽게 받아들일 수 있는 일이 아니었다.

*　　　*　　　*

이병웅은 병원에서 3일을 더 보낸 후 협상단이 머무는 호텔로 향했다.

병원에 누워 확인한 한국의 상황은 처참한 지경 그 자체였다.

환율은 1,500원에 육박했고 기업들은 연신 부도에 빠져들며 금방이라도 IMF 때의 지옥을 재연시킬 차림을 갖추고 있었다.

아직 몸이 완치되지 않았지만 가서 확인해야 했다.

한시가 급한 상황이었으니 어떡하든 오늘 중으로 해결하고 싶었다.

만약 문제가 생겨 통화 스와프가 진행되지 못했고, 누군가의 방해로 인해 버냉키 의장 선에서 해결되지 못한다면 어둠 속의 존재를 찾아갈 생각이었다.

그의 정체를 안다.

그가 거대 세력의 주인은 아니겠지만, 지금까지 노출된 사람 중에는 그가 정점에 서 있었다.

시작하지 않았다면 모를까, 한번 칼을 뺐으니 끝까지 목적을 이룬다.

이것이 내가 살아가는 방식이고 지금까지 내가 살아왔던 땅에 대한 예의다.

*　　　　*　　　　*

"아이고, 병웅 씨. 몸은 어떤가?"

"조금 괜찮아졌습니다."

"너무 상황이 급박하게 돌아가서 미처 병원을 찾아가지 못했어. 정말 미안해."

"상황은 어떤가요?"

"버냉키 의장과 면담을 하면서 상당한 진전을 끌어냈어. 버냉키 의장이 적극 도와주시겠다고 약속했네. 곧 연준 차원에서 결정을 내려준다고 하더군."

"아… 다행이네요. 하지만 서둘러야 합니다. 이대로 며칠만 더 진행되면 진짜 한국은 위험해집니다."

"알고 있네. 알고 있어… 그래서 우리도 미칠 지경일세."
"확정을 시켜야 해요. 연준이 약속만 해 주면 무조건 터뜨리고 봐야 합니다. 달러를 지원받는 건 그 뒤라도 괜찮습니다."
"무슨 소린지 알아. 그래도 연준의 연락이 와야 되지 않겠나."
이번에 대답한 건 이광주 한은 부총재였다.
그의 얼굴은 초췌해질 대로 초췌해진 상태였는데, 10일이 넘도록 제대로 잠조차 자지 못한 것 같았다.
심리적인 압박감.
임무가 지닌 무게는 그를 그렇게 만들었을 것이다.
국가의 안위를 두 어깨에 짊어진 사람들은 일반인들이 상상하지 못하는 책임감에 종종 건강이 무너지곤 한다.
"제가, 오늘 중으로 해결하겠습니다. 그러니, 차관님께서는 기자들에게 통화 스와프가 성사되었다는 기자회견을 준비하십시오."
"자네… 정말 가능하겠나."
"가능합니다, 아니, 가능하도록 만들겠습니다."
"병웅 군, 자네가 지금까지 한 것만으로도 고마워서 절이라도 하고 싶은데 그렇게까지……."
김시웅 차관이 창백하게 변해 있는 이병웅을 바라보며 눈물을 글썽였다.
지금은 오직 이병웅을 믿은 수밖에 없었다.
무너지는 조국의 현실.

이병웅의 진단은 정확했다.

국가가 무너지는 건 한순간이라더니 한국의 상황은 일분일초가 급했고 계속해서 나쁜 소식들이 들려오는 중이었다.

가슴을 새까맣게 타들어 갔지만 그가 할 수 있는 건 아무것도 없었다.

그랬기에 이병웅이 오기 전까지 가슴을 쥐어뜯으며 고통의 시간들을 보내고 있었다.

어떻게 그가 연준의장과 선이 닿았는지 모르나 지금은 이병웅만이 유일한 희망이었다.

*　　　*　　　*

불편한 몸을 이끌고 이병웅은 제시카와 함께 연준으로 향했다.

적의 심장.

연준의 위용은 건물로부터 나타났다.

미리, 전화를 한 후 찾아가는 게 순서였으나 그럴 수가 없었다.

연준의장의 전화번호는 일급 기밀로 다뤄지기 때문에 아는 사람이 없어 방문을 알리는 전화조차 하지 못했다.

현관을 지나 안으로 들어서자 경비원과 사람들의 시선이 한꺼번에 몰려왔다.

이병웅은 물론이고 제시카까지.

그들의 외모는 사람들의 시선을 확 끌어당길 만큼 독보적이었기 때문이었다.

"어떻게 오셨습니까?"

"의장님을 뵈러 왔습니다. 약속이 되어 있으니 확인해 주시겠습니까. 저는 한국에서 온 이병웅이라고 합니다."

"알겠습니다. 잠깐 기다리시죠. 확인해 드리겠습니다."

안내 데스크의 직원이 전화기를 들었다.

그러자, 옆에서 지켜보던 제시카가 침을 꼴깍 삼키는 게 보였다.

불안한 얼굴.

천하의 로비스트 제시카도 이런 상황이 오자 긴장이 되는 모양이었다.

그녀는 안다.

아무런 조치도 하고 오지 않았으니 무조건 접견이 거부될 수밖에 없는데, 이병웅은 천연덕스러운 음성으로 약속이 되었다는 거짓말을 했다.

데스크 직원의 전화는 한 통으로 끝나지 않았다.

당연한 일이겠지.

연준의장의 의사를 확인하기 위해서는 여러 단계를 거쳐야 한다.

하지만 그런 단계를 거치는 건 그리 오래 걸리지 않았다.

"확인되었습니다. 23층이 의장님 집무실입니다. 기다리겠다고 하시니 올라가십시오."

"감사합니다."

*　　　　　*　　　　　*

이병웅은 데스크 직원이 내어준 신분 확인증을 받아 들고 제시카와 함께 엘리베이터를 탔다.

다행이다.

그럴 것이란 추측은 했지만, 막상 이런 결과가 나오자 '밀애'의 효능이 무섭게 느껴졌다.

제시카의 입술은 바짝 말라 있었다.

그만큼 긴장했다는 뜻이다.

"병웅 씨, 도대체 어떻게 된 거야. 약속을 언제 했어. 우린 호텔에서 여기로 곧장 왔잖아?"

"어제 했어."

"진짜?"

"응."

설명할 이유도, 필요도 없었으니 또 거짓말을 했다.

최근 들어 거짓말을 많이 한다.

그럼에도 아무런 양심의 가책을 느끼지 않는 걸 보면 자신은 결코 착한 남자가 아니다.

제시카의 손을 잡고 엘리베이터에서 천천히 걸었다.

여전히 가슴을 칼로 찌르는 것처럼 아팠고 다리에는 힘이 붙지 않았기에 제시카를 의지할 수밖에 없었다.

의장실로 들어서자 비서가 신분을 확인한 후 곧바로 집무실로 안내했다.

제시카는 들어오지 못했다.

비서가 오직 이병웅만 들어가도록 그녀를 막았기 때문이었다.

*　　　*　　　*

이병웅이 힘든 걸음으로 집무실 문을 열자 거대한 책상에 앉아 있던 버냉키 의장이 자리에서 일어나 급히 다가왔다.

"자네, 괜찮은가?"

"조금 힘듭니다. 아직 완쾌되지 않아 서 있기가 힘듭니다. 의장님, 저 좀 앉게 해 주십시오."

"그래, 이쪽으로 앉게."

버냉키 의장이 직접 그를 부축해서 집무실 중앙에 놓여 있던 소파에 앉혔다.

걱정이 잔뜩 담긴 표정.

그만큼 이병웅의 안색은 하얗게 질려 있었고, 몸 상태도 불편했다.

"그런 몸으로 여긴 왜 온 거야. 그렇게 마구 움직였다가 큰일 나면 어쩌려고!"

"너무… 급해서요. 의장님, 지금 한국은 무너지기 일보 직전입니다."

"허어, 이 사람아. 난 협상단한테 해 주겠다고 약속을 했네. 조만간 공식적으로 통보할 계획이었어."

"저희는 기다릴 여유가 없습니다."

"아무리 그래도 절차라는 게 있지 않은가. 내가 연준의장이지만 절차를 무시할 수는 없단 말일세."

"그… 절차. 얼마나 걸리나요?"

"의원들 의견을 수렴하고 공식 회의를 거쳐야 되니까 최소 3일은 걸릴 걸세."

"가능한가요?"

"내가 적극적으로 의원들을 설득했네. 윌리엄스 교수도 무척 많이 노력했더군. 그러니, 별 탈 없이 진행될 거야."

"그렇다면, 의장님. 저희가 먼저 발표할 수 있게 해 주십시오."

"뭘?"

"통화 스와프가 타결되었다는 걸 말입니다."

"이보게, 자네가 이리 아픈 몸으로 달려 왔을 땐 정말 급했겠지. 나도 한국 상황이 안 좋다는 건 알아. 그럼에도 언론에 먼저 발표할 수는 없어."

"제가 드리는 말씀은 완전 타결을 말하는 게 아니에요. 일단, 거의 통화 스와프가 완료되었다는 한국의 사전 발표를 양해해 달라는 겁니다. 현재의 사실만 발표할 수 있게 허락해 주십시오."

"음, 그것 참."

버냉키 의장이 곤란한 표정을 지으며 한숨을 길게 흘려 냈다.

통화 스와프란 국가 간 중대 사안을 미리 언론에 흘리는 것은 금기 중의 금기 사항이었다.

더군다나 한국은 그동안 통화 스와프가 진행되어 온 기축통화가 아니다.

오죽하면 호주, 덴마크와 진행된 통화 스와프가 극비 사항으로 다루어졌겠는가.

지금도 그들과의 통화 스와프는 공식 발표가 되지 않은 상태였다.

"의장님, 도와주실 때 화끈하게 도와주십시오. 의장님의 은혜 잊지 않겠습니다. 이미, 결정하신 내용이라면 발표해도 괜찮지 않겠습니까?"

"자네가 말한 형평성 때문일세. 다른 나라는 공식 발표를 한 적이 없어."

"그들과 저희는 다릅니다. 그들은 위기 상황이 아니었지만, 저희들은 너무 힘든 상태입니다. 지금이라도 발표하지 않으면 한국은 나락으로 떨어집니다. 3일을 견딜힘이 없습니다."

"휴우… 어려운 일이군."

"의장님, 부탁드립니다."

"알았네, 그렇게 해. 나머지 일은 내가 전부 책임지지."

"고맙습니다. 의장님, 언젠가 이 은혜를 반드시 갚겠습니다. 그럼, 저는 이만 돌아가겠습니다."

버냉키 의장의 대답을 들은 이병웅이 자리에서 급히 일어나다 휘청거렸다.

그럼에도 소파를 짚고 균형을 잡은 후 버냉키 의장을 향해 진심으로 허리를 숙여 인사를 했다.

*　　　　*　　　　*

"병웅 씨!"

밖에서 대기하던 제시카가 급하게 달려와 부축을 하자, 이병웅의 하얗게 질린 얼굴에서 미소가 흘러나왔다.

"웃네. 이 사람. 웃어."

"응, 웃어야지."

"잘됐어?"

"고맙게도."

"우와… 당신 정말. 휴우… 아무리 봐도 최고의 로비스트는 내가 아니라 병웅 씨 같아. 세상에 연준의장을 약속도 없이 만나고 그렇게 짧은 시간 안에 일을 성사시키는 게 어디 있어. 아마, 그렇게 하는 건 미국 대통령도 어려울 거야."

"약속하고 온 거라니까."

"거짓말 자꾸 하지 마. 오늘 아침까지 병원에서 끙끙대던 사람이 무슨 약속을 해. 내가 바보로 보여!"

"하아, 미안. 어쨌든 빨리 가자."

제시카의 질책을 받았지만, 이병웅은 곧바로 말을 돌리고 걸음을 옮겼다.

지금은 협상단이 묵고 있는 호텔로 돌아가 일을 마무리 짓는 게 무엇보다 중요했다.

* * *

호텔에 도착한 이병웅이 곧바로 룸에 들어서자 초조하게 기다리고 있던 협상단이 마치 귀신을 본 것처럼 놀라며 벌떡 일어났다.

이병웅이 호텔을 나선 건 불과 3시간 전의 일이었기 때문이었다.

급하게 흐려지는 시선.

해결한다고 결연한 모습으로 나섰지만, 진짜 해결될 것이라 믿은 사람은 아무도 없었다.

그런 마당에 3시간이 흐른 지금 이병웅이 나타나자 협상단은 실망한 표정을 감추지 못했다.

그때, 룸으로 들어온 이병웅이 급하게 입을 열었다.

"차관님, 지금 당장 로비에 있는 기자들을 부르십시오."

한국에서 뉴욕으로 날아 온 기자들의 숫자는 무려 20여 명이나 되었다.

그들의 눈에 포착되어 이병웅의 소식이 한국에 전해진 언론보도가 벌써 수십 건이 넘을 정도였다.

그러나 그들의 진짜 목적은 협상단의 성과를 눈이 빠지게 기다리는 것이었다.

수시로 협상단의 분위기가 바뀌는 걸 보며 기자들은 실망과 기대감을 숨기지 못했다.

그들 역시 대한민국의 국민들이었기 때문이었다.

이병웅의 말을 들은 김시웅 차관의 흐려졌던 눈이 번쩍 떠졌다.

창백한 이병웅의 얼굴에서 웃음이 떠올랐기 때문이었다.

"왜, 왜?"

"버냉키 의장이 허락을 했습니다. 통화 스와프가 거의 완성 단계까지 갔다고 보도하는 걸 허락받았습니다."

"정말인가!"

"지금 제가 버냉키 의장을 만나고 오는 길입니다. 그분은 한국의 상황이 어렵다는 걸 알고 저에게 보도를 허락하셨습니다."

"저… 저… 아이고!"

사람은 너무 좋으면 말문이 막힌다.

더군다나 절대 불가능하다며 기대조차 하지 않았던 일이 성사된다면 한동안 아무런 말조차 할 수가 없다.

"이번에도 제시카가 많은 노력을 해 주었습니다. 그녀에게 줄 돈이 2백만 달러로 늘어났습니다. 차관님, 제 말 듣고 계신 거죠?"

"이 사람아. 그게 문제겠나. 걱정하지 말게. 내가 잘리는 한이 있어도 무조건 그건 해 줄 테니 걱정하지 마. 아이고, 하나님 아버지, 정말 감사합니다. 이 국장, 뭐 해. 기자들 빨리 불러!"

이창래 국장이 100m 달리기 선수처럼 뛰어나갔고 곧이어 기자들이 우르르 비즈니스 룸으로 몰려들었다.

그들은 급하게 서두르는 이창래 국장의 태도에서 무슨 일인가 일어났다는 걸 짐작했지만, 아무런 말도 듣지 못했기에 초조한 심정으로 김시웅 차관을 바라보았다.

협상단의 대표가 바로 김시웅 차관이었기 때문이었다.

김시웅 차관의 입이 열린 건 방으로 들어온 기자들이 여기저기 쭈그리고 앉아 노트북과 카메라를 세팅했을 때였다.

"기자 여러분, 지금부터 중대한 사실을 발표하겠습니다. 저희 통화 스와프 협상단은 그동안 미국 연준과 긴밀한 협의를 통해 통화 스와프가 거의 완료되었음을 알려 드리는 바입니다."

김시웅 차관이 발표를 하자 귀를 쫑긋 세우고 듣고 있던 기자들의 입에서 함성이 터져 나왔다.

더불어 쏟아지는 박수갈채.

기자라는 신분을 떠나 국민의 한 사람으로서 그들은 김시웅 차관과 협상단의 노고를 진심에서 우러난 박수와 함성으로 치하했다.

"저희 협상단은 연준 부총재 윌리엄 더들리와 10월 5일 협상을 시작했으며……."

김시웅 차관이 미리 준비했던 내용으로 발표하는 장면을 보면서 이병웅은 슬그머니 자리에서 일어나 방을 나갔다.

지금 이 순간만큼은 기자들 누구도 그를 신경 쓰지 않았기 때문에 벗어나기엔 최적의 타이밍이었다.

이젠 되었다.

자신의 할 일을 다했으니 이젠 아무도 모르게 사라져야 한다.

스타로서, 국민들의 관심을 받기 위해 여러 가지 행동을 했지만, 이번 일은 그렇게 해선 안 된다는 걸 너무나 잘 알고 있었다.

이름 없는 무명 용사로 남는 것이 오히려 나중을 위해 더 효과가 크다.

사람이 한 일은 언젠가 밝혀진다.

협상단이 아무리 비밀을 지키고 싶어도 이병웅이 한 일은 슬금슬금 새어 나가 언젠가는 국민들에게 알려질 것이다.

그러면 된 거 아니겠나.

원래 영웅은 침묵을 지켜야 더욱 멋있게 보이는 법이잖아.

* * *

금융 위기는 한국에서 비롯된 것이 아니라 미국에서 비롯되었다.

무차별적인 서브프라임 모기지론의 확대.

오죽하면 강아지 이름으로 부동산 대출을 받았을까.

그런 무차별적인 대출과 금융 세력의 탐욕이 만들어 낸 무지막지한 CDO가 미국 경제를 망가뜨린 것이다.

협상단의 발표가 있자마자 한국의 환율은 단 하루 만에 130원이 떨어졌다.

무려 8%가 하락한 것이다.

그런 후 3일이 지나고 미국과 300억 달러의 통화 스와프가 발표되자 매우 빠른 속도로 정상을 찾아갔다.

한국의 경제성장률은 5%가 넘는 상태였을 만큼 탄탄했기 때문에, 환율이 안정을 찾아가자 기업들의 부도가 멈추기 시작했고 유동성의 함정에 빠져 있던 은행들도 정상으로 회복되었다.

그렇다 해서 세계경제가 전부 그렇다는 건 아니었다.

아직도 미국은 수많은 가정이 파산하는 중이었고, 미국에서 비롯된 금융 위기는 세계경제를 초토화시키고 있었다.

미국에서 일주일 동안 머물며 몸을 추스른 이병웅은 귀국길에 올랐다.

홍철욱은 '제우스'의 지부 설립 업무와 인원 충원 때문에 남았고, 혼자 한국행 비행기를 탔다.

뉴욕 공항부터 사람들은 이병웅을 알아보고 몰려들었다.

외국인들이 무슨 일인가 궁금해 할 정도로 많은 사람들이 이병웅의 주변에 몰려들었는데, 대부분 한국 사람들이었지만 그중에는 일본과 중국을 비롯해서 동양인들도 상당수였다.

현재 한국에서는 '헤어진 후' 의 후속곡 록발라드 '청춘'이 선풍적인 인기를 끌며 각종 음원 차트를 휩쓸고 있는 중이었다.

*　　　　*　　　　*

공항에는 정설아가 마중 나와 있었는데 걱정으로 가득 찬 얼굴이었다.

정두영이 모은 차를 타고 서울로 들어오는 동안 그녀는 잠시도 입을 멈추지 않았다.

그녀의 마음을 안다.

피를 토하고 쓰러졌다는 걸 홍철욱을 통해 전해들은 그녀는 당장 미국으로 날아오겠다며 걱정했다고 한다.

"병웅 씨, 도대체 어디가 아픈 거야. 왜 피를 토하고 쓰러져!"

"솔직히 말해도 돼?"

"말해 봐. 예전에도 한 번 그런 경우가 있었다고 들었어. 사람이 왜 그리 멍청해. 아프면 무조건 병부터 고쳐야지!"

"사실, 나는 기관지가 무척 약해. 그래서 무리를 하면 실핏줄이 터진대. 그러다 보니 가끔 피를 토하곤 해."

"그게… 정말이야?"

"응, 병원에 확인해 보면 되잖아. 진짜야."

이병웅이 뻔뻔하게 대답했다.

어쩌면 사실이기도 하다.

병원의 검사 결과는 이전에도 그랬고, 지금도 목구멍 파열로 나타났다.

현대의학의 한계.

남자에게 '밀애'를 쓰면서 내부가 진탕되었고, 온몸의 혈맥이 뒤엉켰지만 외부로 나타난 건 기관지 파열뿐이었다.

아마, 모든 부작용이 기관지 쪽으로 몰리면서 제일 약한 부분이 파열된 것 같았다.

물론 상황이 심각해진다면 전신의 혈맥이 파열되겠지.

뻔뻔하게 설명했지만 정설아는 의심을 멈추지 않았다.

그랬기에 이병웅은 슬그머니 화제를 돌려 그녀의 걱정을 멈추게 만들었다.

"우리 투자 부분은 어때?"

"계속 버티고 있어. 양쪽 인버스는 여전히 상승 중이야. 너무 상승해서 겁이 날 정도로. 병웅 씨가 나한테 전권을 줬지만, 손이 안 나가. 지금 미국 경제 상황으로 봤을 때 아직 갈 길이 먼 것 같다는 생각이 들거든."

"현명한 판단. 누나는 역시 똑똑해. 증권사에서 철의 마녀로 불릴 만해."

그녀의 말을 들으며 이병웅이 유쾌하게 웃었다.

여자의 몸으로 수조 원을 굴린다는 건 결코 쉽지 않은 일이었다.

더군다나 자칫 잘못하면 하루에 수백억 원씩 절단 나는 상황이었으니 '제우스' 투자의 승패는 그녀에게 달려 있었다.

하지만 이병웅은 전혀 걱정하지 않았다.

그녀의 실력이 그만큼 뛰어나단 걸 알았고, 중대한 결정을 하기 전엔 반드시 자신과 상의할 것이란 걸 믿었기 때문이었다.

"병웅 씨, 벌써 수익률이 200%를 넘었어. 이제 서서히 팔아도 괜찮을 것 같은데 어때?"

"누나, 내가 이번 미국에서 버냉키 의장을 만났어."

"진짜?"

"응, 통화 스와프 일을 해결하기 위해 뛰어다니다 보니 두 번이나 만날 기회가 있었어."

"우와, 그 사람은 우리나라 대통령도 만나기 어려운 사람인데 어떻게 만났어. 버냉키 의장 집에서 피 토하며 쓰러졌다는 말은 들었긴 했는데, 정말 그분을 만나서 이야기를 나눈 거야?"

"내가 왜 거짓말을 해. 이래 봬도 내가 꽤 능력 있는 사람이잖아."

"그래서, 그분과 무슨 말을 나누었는데?"

"다른 건 전부 제쳐 두고… 연준은 조만간 양적 완화를 시작할 거야."

"정말!"

"그 방법밖에 없으니까."

"부작용이 많을 텐데… 버냉키 의장이 직접 말했어?"

"버냉키 의장은 이미 결정한 것 같아. 조만간 회의 절차를 진행하고 국회 승인 과정을 밟아 나갈 거야."

"휴우… 엄청나네."

"그러니까 우리 인버스는 그때까지 버텨도 돼. 무슨 말인지 알지?"

"알겠어. 그렇다면 당연히 그래야지. 양적 완화를 해야 될 정도로 엉망이라면 주식시장은 계속 하락할 거야."

"빙고, 우린 양적 완화가 미국 국회 쪽에 올라간다는 정보가 나올 때 전부 털면 돼. 그런 다음 뉴욕과 상해 쪽 사무실로 자금을 넘겨. 그때부터 우린 본격적으로 그쪽 시장을 공략해야 되니까."

이병웅이 향후 전략을 말하자 정설아의 표정이 굳어졌다.

그녀는 지금 머릿속으로 앞으로 벌어질 일들을 그 뛰어난 머리로 무섭게 회전시키며 분석하고 있을 것이다.

"한국 시장은?"

"누나도 알다시피 한국 시장은 한계가 있어. 우리나라 시장도 미국에서 양적 완화를 하게 되면 오르겠지. 하지만 시장에 공매도가 설치는 한, 외국인과 기관의 농간으로 주식시장의 상승은 한계가 있을 거야. 더군다나 한국의 경제성장률은 점점 하락하는 중이야. 이럴 때는 막대한 돈이 풀리는 미국 시장과 무섭게 성장하는 중국에 투자해야 돼."

"무슨 말인지 알았어. 그래도 투자금의 20%는 남겨 놔야 해. 삼전을 잡아야 되거든. 다른 주식은 몰라도 삼전만큼은 '제우스'에서 일정 부분 매수해 놔야 된다고 생각해."

"역시 누나는 예뻐."

단박에 무슨 말인지 알아들은 이병웅이 슬그머니 그녀의 무릎 쪽에 손을 올려놓았다.

그런 후 천천히 치마 속으로 손을 집어넣었다.

"허억……."

이병웅의 손길에 그녀의 몸이 순식간에 경직되었다.

그럼에도 아무런 저항을 하지 않았다.

앞에서 정두영이 운전을 하고 있었으나 그녀는 아무 일도 없는 양 말을 이어 나갔다.

"병웅 씨가 말한 대로 직원들을 충원했어. 각 사업마다 전문직 관리 요원들을 9명 충원해서 사업 진행을 맡겨 놓은 상태야. 각 아이템마다 회사 등록 절차도 마쳤고 회사명도 지어 놨어."

"뭐야?"

"담배 쪽은 '쥬피터', 코팅 쪽은 '포세이돈', 신발은 '아폴로'."

"그리스 신화 이름이네."

"우리 회사가 '제우스'잖아. 모기업 이름을 그렇게 지었으니 자회사들도 비슷해야 될 것 같아서."

"좋네."

"이제 회사를 차렸으니 본격적으로 움직일 거야. 연구 인력도 최고로 선별해서 충원하고 회사를 이끌 경영인들도 섭외할 거야. 음……."

이병웅의 손이 조금 더 올라가자, 정설아의 입에서 기어코 작음 신음 소리가 흘러나왔다.

하지만 앞에서 운전하는 정두영의 고개는 미동조차 하지 않았다.

"그건 누나가 잘 진행해 줘. 어차피 지금은 시작 중이니까 재무 재표만 제대로 관리할 수준이면 돼. 하지만 연구가 성공하면 그땐 진짜를 앉혀야지. 세계를 무대로 움직일 수 있는 그런 사람으로."

"알고 있어."

정설아의 엉덩이가 조금 움직였다.

이병웅의 손길이 편하게 움직일 수 있도록 자세를 바꿔 준 것이다.

어느새 그녀의 얼굴은 흥분으로 인해 발갛게 달아오른 상태였다.

"누나. 난 내년부터 펜실베이니아에서 공부하게 될 거야. 이번에 윌리엄스 교수님을 만나서 내년 봄부터 공부하겠다고 말해놨어."

"음… 병웅 씨. 꼭 가야 해? 난 정말 이해가 안 가. 아무리 생각해도 이젠 펜실베이니아에 갈 이유가 없잖아. 그런데 왜 가려고 해?"

"즐겁기 위해서. 거기에서 공부하는 애들 수준이 얼마나 되는지 알고 싶어. 아니… 와튼스쿨 교수들이 뭘 가르치는지 알고 싶다는 게 맞겠네. 그리고 내 진짜 목적은 공부가 아니야."

"그럼?"

"미국의 첨단 과학기술들을 먹는 것. 현재 과학기술은 미국이 최고잖아. 향후의 미래는 결국 4차 산업이 세상을 주도하게 되어 있어. 그래서 나는 미국에 머물며 그런 기업들을 차례대로 인수해 나갈 생각이야."

"우와……."

온몸이 꿈틀대는 자극으로 얼굴이 발갛게 달아오른 상태에서도 정설아의 입이 함박 벌어졌다.

그만큼 이병웅의 포부가 대단했기 때문이었다.

하긴, 전혀 불가능한 일도 아니다.

지금 현재의 '제우스' 자금이라면 무슨 짓이라도 할 수 있는 능력이 있었다.

"바로 누나네 집으로 가자. 어때?"

"바보… 지금 근무 시간이야."

"그래서 싫어?"

"몸 괜찮아? 지금까지 병원에서 끙끙대던 사람이 무슨 생각을 하고 있는 거야?"

"누나 몸은 그렇지 않은 것 같은데. 벌써 이렇게 뜨거워졌잖아."

이병웅이 조금 더 움직이자 정설아의 몸이 꿈틀거렸다.

그녀는 더 이상 말을 하지 못하고 눈을 감았다.

왜 싫겠어.

이 남자와 헤어져 있는 동안 얼마나 그리워했는데 그의 손길이 싫을까.

그랬기에 그녀는 이병웅의 손길에 몸을 맡긴 채 고개를 차창 쪽으로 돌리고 온몸에서 솟아나는 전류를 느끼며 눈을 감았다.

* * *

통화 스와프가 채결된 한국은 빠르게 안정을 찾아갔다.

국가 부도의 공포에서 벗어난 환율은 제자리를 향해 움직였고 기업들과 은행이 안정을 찾자 구조 구정의 공포에서 벗어난 사람들의 얼굴에서 웃음이 돌아왔다.

그럼에도 여전히 경제는 어려웠다.

세계의 심장인 미국이 휘청거리면서 극심한 디플레이션이 찾아왔기 때문이었다.

경제는 간단하다.

최대 소비 시장인 미국이 빈사 상태에 놓이자 세계 전체의 물동 교역량이 급격히 축소되었고 실물 경제가 가라앉았다.

하지만 한국은 언제 그랬냐는 듯 빠르게 정상을 찾아갔다.

1998년 끔찍했던 경험을 했던 한국인들은 위기를 극복하는 능력이 그 어떤 나라보다 강했고, 국민들의 의지 또한 다른 나라와 비할 바가 아니었다.

『전설의 투자가』 4권에 계속…